Estevão Ribeiro do Espinho wurde 1973 in Rathenow geboren. Weil er es von jeher liebt, einsam seinen Blick über weite Landschaften schweifen zu lassen, wollte er immer schon Lokomotivführer werden. Dieser Berufswunsch wurde ab einem gewissen Alter von seinem Umfeld nicht mehr ernstgenommen. Notgedrungen promovierte er zum Dr. phil. und veröffentlicht nun Texte.

Estevão Ribeiro do Espinho

Ich, Kowalke

Die Deutsche Nationalbibliothek verzeichnet diese Publikation in der Deutschen Nationalbibliografie; detaillierte bibliografische Daten sind im Internet abrufbar über www.dnb.de.

© Estevão Ribeiro do Espinho
Herstellung und Verlag: BoD- Books on Demand, Norderstedt

ISBN: 9783751923453

Ich kann nicht reden. Sechzehn Jahre bin ich jetzt alt und habe es nie gelernt. Sprechen, ja, sprechen kann ich. Ich kenne die meisten Wörter, die ich höre, und kann sie auch einzeln aufsagen. Aber was hilft das schon? Um zu reden muss man diese Worte verbinden und im gleichen Moment, in dem man das getan hat, muss man sie auch schon wieder geordnet herauslassen. Ich habe mir unzählige Male vorgenommen, das zu üben, aber ich tue es nicht. Wenn ich alleine bin, komme ich mir bei dem Versuch so erbärmlich vor, dass ich lieber aufschreibe, was ich eigentlich sagen wollte. Wenn jemand anderes dabei ist, tue ich alles, um das Reden zu vermeiden, denn meist geraten mir dabei die Wörter durcheinander und mutieren zu einem für mich selbst unerträglichen Gestammel und Gestotter.

Meine Eltern können mich nicht verstehen. Nicht wegen meiner Unfähigkeit zu reden, sondern weil sie einfach dumm sind. Ich bin nicht weniger dumm, aber auf eine andere Art. Ich gehe auf eine Lernbehindertenschule. Seit ein paar Jahren heißt sie „Förderschule", aber jeder weiß, was das heißt. Auch die Lehrer verstehen mich nicht, und es ist mir egal. Wenn sie mich etwas fragen, antworte ich ihnen, aber niemals mehr als nötig. Sie sagen, ich könnte mehr aus mir machen, ich wäre nur zu ruhig. Aber ich bin nicht ruhig. Ich koche über vor Unruhe. Jeden Tag fühle ich mehr davon.

Wir wohnen in Omas Haus. Aber Oma wohnt nicht hier, auch zu Besuch kommt sie seit Jahren nicht mehr. Sie hat meine Mutti damals adoptiert, als die drei Jahre alt war, aber sie ist ihr wohl immer fremd geblieben. Auch ich bin ihr fremd und sie mir. Das habe ich schon als kleines Kind gespürt, wenn sie mal zu Weihnachten zu uns kam. Sie wohnt in ihrem anderen Haus, draußen auf dem Dorf. Das Stadthaus hat sie uns kostenlos überlassen. Aber offiziell bezahlen wir Miete. Die überweist uns nämlich das Jobcenter. Und weil wir eigentlich gar keine Miete bezahlen, können wir das Geld behalten. Trotzdem haben wir nie Geld, haben nie welches gehabt. Das heißt, ein paar Tage lang schwimmen wir immer mal wieder förmlich darin, dann können wir uns die ganzen schönen Sachen leisten, die wir ein paar Wochen später auf dem Trödelmarkt verkaufen müssen.

Wir haben Schulden. So viele, dass wir sie nie abbezahlen werden. Vielleicht wenn Mutti mal erbt. Aber das kann noch lange dauern und die Häuser sind dann natürlich weg. Aber vielleicht würde noch Geld übrigbleiben, so dass man eine Weile vernünftig leben könnte. Das wäre mir recht, mir ist unser Haus egal. Schenken wird Oma es uns niemals. Sie traut Mutti nicht über den Weg und noch weniger Papa. Den kann sie nicht ausstehen und da stimme ich ihr zu. Eigentlich ist er gar nicht mein Vater, aber ich sage trotzdem Papa zu ihm. Er und Mutti wollen das so. Ich habe mich daran gewöhnt. Das Wort bedeutet nichts mehr für mich. Meinen richtigen Vater habe ich nie gesehen, konnte niemals Papa zu ihm sagen. Er ist abgehauen, hat uns alleine gelassen, so wie es mein Großvater schon mit Oma getan hatte. Scheidung in der zweiten Generation.

Dann kam der Neue: Papa. Ich war vier Jahre alt. Ich kann mich nicht mehr daran erinnern, ob ich ihn als Eindringling empfunden habe. In meinem Gedächtnis war er schon immer da und saß wie angewachsen in seinem abgewetzten und speckigen grünen Samtsessel vor dem Fernseher. Inzwischen ist er so fett, dass er kaum noch daraus aufstehen kann. Nicht dass er vorher schlank gewesen wäre. Er sagt, dass es so schlimm geworden ist, liege an seinen Krankheiten. Fünf verschiedene Tabletten muss er jeden Tag nehmen. Abends trinkt er Bier, aber nur noch drei oder vier Flaschen, mehr darf er nicht mehr, sagt er, wegen der Krankheiten und der Tabletten. Nur wenn Besuch da ist, trinkt er auch mal ein paar Schnäpse dazu. Spritzen muss er sich auch, wegen dem Zucker. Dann gehe ich immer aus dem Raum. Ich kann das nicht sehen.

Genauso kann ich den Anblick seiner schwarzen Zehen nur schwer und unter Brechreiz ertragen. Sie sterben langsam ab. Auch vom Zucker, sagt er. Ich habe keine Ahnung, was das mit dem Zucker zu tun hat. Es ist mir auch egal. Letzte Woche musste er zum Arzt. Sein Schlüsselbund war ihm in den rechten Schuh gefallen, ohne dass er es mitbekam. Ich hatte es gesehen, sagte aber nichts. Er hatte die Schuhe bereits angezogen, als er fluchend und nach den Schlüsseln suchend in der Wohnung umherlief. Er merkte nicht, dass sie in seinem Schuh waren, er konnte seine Zehen schon seit ein paar Monaten nicht mehr fühlen. Erst als er beim Arzt angekommen war, bemerkte er, dass ihm Blut aus dem Schuh lief. Das Fleisch seiner Zehen, Blut, der Stoff der Socke, die Schlüssel und Ringe hatten sich zu einem gleichförmigen Klumpen verbunden, der im Operationssaal abgeschnitten werden musste. Jetzt ist die Stelle offen und wird wahrscheinlich nie wieder zuheilen, sagen die Ärzte. Papa wird nun wohl noch seltener aus seinem Sessel hochkommen und noch fetter werden.

Aber er isst jetzt wegen diesem Zucker nur noch ein Stück Kuchen am Tag, nur ausnahmsweise auch mal zwei. Eigentlich darf er ja nicht, sagt er dann, aber er macht es trotzdem und spritzt sich danach eben ein bisschen mehr. Seine ganzen Tabletten muss ich ihm immer aus der Verpackung drücken und sie ihm mit einem Glas Wasser zusammen an den Sessel bringen. Medizin dürfe man nicht mit etwas anderem einnehmen als mit Wasser, meint er. Nicht einmal Cola trinkt er dazu. Ich verstehe nicht, was das bringen soll, wenn er vorher schon eine ganze Flasche davon oder sogar Bier getrunken hat und im Magen doch alles vermischt wird. Aber ich widerspreche ihm nicht, niemals tue ich das, habe es nie getan.

Die meisten der Tabletten sind weiß, manche mit einem Spalt in der Mitte. Er schluckt sie immer alle mit einem Mal herunter. Wenn ich das sehe, zieht sich mein Kehlkopf zusammen, als wolle er selbst diese trockene kantige Masse herunterpressen. Ich kriege nicht mal eine einzige dieser Pillen hinunter, ein paar Mal habe ich es schon versucht, vielleicht aus Langeweile: Wenn Papa eine neue Packung bekam, nahm ich mir auch eine der Tabletten heraus und probierte sie zu schlucken. Aber sie blieben mir immer bitter im Hals kleben und ich musste so lange würgen, bis ich sie wieder ausspucken konnte. Papa sagt, er ist so krank, dass er nie mehr arbeiten kann. Ich kann mich auch nicht daran erinnern, dass er jemals gearbeitet hätte.

Vor einiger Zeit habe ich angefangen, seine Tabletten zu vertauschen. Ich habe nicht darüber nachgedacht, nichts geplant, es einfach getan. Die Anzahl hielt ich dabei immer gleich, so dass er nichts merkte. Anfangs ließ ich eine Tablette weg und gab ihm dafür zwei von einer anderen Sorte. Am nächsten Tag machte ich es umgekehrt, so dass nie längere Zeit zu wenige oder zu viele Tabletten in einer der Schachteln waren und etwas auffallen konnte; obwohl diese Gefahr gering war, denn ich war der einzige, der in dieser Beziehung einen Überblick hatte. Ich wartete darauf, dass etwas passierte. Es passierte nichts. Ich wollte ihn nicht umbringen, aber ich kann auch nicht sagen, dass ich es nicht in Kauf nahm. Ich erhöhte die Anzahl der ausgetauschten Tabletten. Wenn ich ihm drei oder mehr von den kleinen weißen mit dem Spalt untermischte, schlief er sofort ein. Bei einer anderen Sorte bekam er einen trockenen Mund und trank den ganzen Abend lang. Wenn er einschlief, schlich ich mich davon. Wenn ich wiederkam war alles in ernüchternder Weise wie immer.

Nur gestern waren Justin und Mutti ganz aufgeregt. Ich hatte ihm vier oder fünf von den kleinen weißen gegeben; seit einer Weile zähle ich nicht mehr so genau nach. Ich brauchte Zeit, um mit den Kumpels etwas Geld zu machen. Wir zogen durch ein paar Drogerien, meist gab es da nur eine einzige Verkäuferin. Meine Aufgabe war es, die beim Auspacken der Ware im Auge zu behalten, während die Kumpels das Regal mit den Rasiererklingen ausräumten, an die

Zigaretten kam man ja nicht mehr ran. Falls die Tante Ärger machen sollte, musste ich ihr eine über den Schädel ziehen, damit wir botzen konnten, aber zum Glück war das noch nicht nötig geworden, denn mein Herz raste jedes Mal so sehr, dass ich mir nicht sicher war, ob ich in einem solchen Moment überhaupt zu irgendeiner Reaktion fähig wäre. Die Klingen vertickten wir an die Fidschis auf dem Markt, die sie weiterverkauften. So hatten alle etwas von der Sache. Ich war froh, dass es die Kumpels gab, denn alleine hätte ich das nie auf die Reihe bekommen. Sie gaben mir einen fairen Anteil und ich tat dafür, was sie von mir erwarteten.

Als mein Bruder Justin an diesem Tag von der Schule kam, war Papa aufgewacht und wollte zur Toilette gehen, war dann aber „zusammengeklappt". Das erzählten sie mir zumindest, als ich wieder zuhause war. Justin hatte Mutti angerufen und die war von der Arbeit nach Hausenach Hause gekommen. Als sie ankam, war Papa aber schon wieder wach und sie hievten ihn in gemeinsamer Anstrengung in seinen Sessel. Als ich ankam, saß er dort schon wieder wie immer vor dem Fernseher und rauchte.

Er raucht eine Zigarette nach der anderen. Als kleines Kind fand ich das ekelhaft und schwor Stein und Bein, niemals eine Zigarette oder ein Glas Alkohol anzufassen. Mit zwölf tat ich dann doch beides. Ich weiß nicht mehr wieso. Wahrscheinlich, weil ich wie die anderen sein wollte. Nicht so wie Papa natürlich, aber in unserer Schule rauchen sie auch alle. Wenn man Zigaretten hat, ist man immer gern gesehen. Anfangs habe ich nur auf Backe geraucht und den Qualm durch die Nase herausgepustet, weil mir schon davon schlecht genug wurde, aber die anderen lachten dann immer und erzählten mir, dass Backenkrebs viel schlimmer sei als Lungenkrebs. Seitdem habe ich mir angewöhnt, richtig zu inhalieren. Bis in die untersten Lungenwinkel ziehe ich den Rauch und lasse ihn ein paar Sekunden dort, bevor ich ihn wieder ausatme, immer noch durch die Nase, aber jetzt ist er dabei so dünn, dass niemand mehr auf die Idee kommt, ich hätte auf Backe geraucht. Papa hat immer so viele Zigaretten zuhause, dass er es nie gemerkt hat, wenn ich mir eine Schachtel genommen habe. Ständig bringen er und Trung sie stangenweise in großen, graubraunen Pappkartons mit und verstecken sie im Schuppen auf unserem Hof. Wenn Trung vorbeikommt, nimmt er jedes Mal ein paar einzelne Stangen wieder mit. Er verkauft sie am

S-Bahnhof. Da steht er in einer windge-
schützten Ecke und wartet, bis ihn jemand nach den Zigaretten fragt; erst
dann holt er sie unter der Metallplatte
am Boden hervor und verkauft sie.

Trung kann ich gut leiden. Er lächelt immer freundlich und redet genauso wenig wie ich. Trotzdem verstehen wir
uns, obwohl er ein Fidschi ist. Den Kumpels erzähle ich lieber nichts davon, die
können die Fidschis eigentlich nicht leiden und reden nur mit ihnen, wenn sie
ihnen die Rasierklingen verkaufen. Aber
mit Trung habe ich etwas gemeinsam.
Mehr als mit den Kumpels und viel mehr
als mit Papa. Ich glaube fast, auch mehr
als mit Mutti. Die sehe ich sowieso kaum
noch. Morgens ist sie schon weg, wenn
ich aufstehe. Sie fängt um sechs Uhr in
der Müllsortierung an. Wenn sie nach
Hausenach Hause kommt, bin ich meis-

tens schon weg. Ich gehe zum „Kauler",
so nennen wir den Kaulsdorfer See. Aber
wir schwimmen nicht. Wir stehen nur
da, trinken und rauchen. Drogen würden
wir nie anfassen, das macht nur das As-
sipack am S-Bahnhof. Da sitzen sie den
ganzen Tag auf dem Gehweg, pissen in
die Unterführung und schreien ihre un-
zähligen Hunde an. Bei uns am Kauler
ist meistens Ruhe, manchmal wird etwas
erzählt, aber ich höre nur zu. Trotzdem
habe ich das Gefühl, dass ich dazugehö-
re. Zuhause fühle ich mich nicht so.
Schon lange nicht mehr. Mindestens seit
Justin da ist. Das ist der richtige Sohn
von Papa. Ich hasse ihn, aber ich tue
ihm nichts. Nicht weil ich dann Ärger mit
Papa bekommen würde – und das würde
ich – sondern weil er nichts dafür kann.
Ich hasse ihn, aber trotzdem ist er mein
Bruder. Als er einmal in der Schule von
den eigenen Klassenkameraden verprü-

gelt worden war, ging ich dorthin und sagte ihnen allen, dass, wenn sie meinen Bruder noch einmal anfassten, ich ihnen jeden einzelnen Finger, der Justin berührt hatte, persönlich abschneiden würde. Ich bekam eine Menge Ärger, aber ich bereute es nicht, es musste so sein. Er ist mein Bruder, aber wenn wir beide zu Hause sind, ertrage ich seine Gegenwart nicht.

Gerade noch auszuhalten ist es am Morgen, wenn Mutti ihm seine Tablette eingeflößt hat. Er will sie nicht schlucken, aber er muss. Schon das zu sehen ist jedes Mal eine Genugtuung für mich, noch mehr aber die Art, wie er sich in den Minuten danach verändert. Er wird plötzlich ein lieber kleiner braver Junge, ein richtiges Schoßhündchen. Dann bekommt er diesen Gesichtsausdruck, den er als Baby immer hatte, während er den ganzen Tag zusammen mit Papa auf den Fernseher starrte. Gesichtsausdruck ist dabei eigentlich das falsche Wort, Gesichtsleere würde es wohl besser treffen, eine Leere, die alles aufsaugt und doch gleichzeitig Unverständnis für das Gesehene widerspiegelt.

Ich habe auch einen großen Bruder. Er heißt Sven. Der wohnt aber schon lange nicht mehr bei uns. Erst war er in einer WG vom Jugendamt, dann eine Zeit lang im Knast. Jetzt hat er eine eigene Wohnung. Ich gehe ihn öfter besuchen. Manchmal nimmt er mich mit, wenn er mit seinen Kumpels umherzieht. Letzte Woche haben wir in einem S-Bahn-Wagen gesessen und Bier getrunken. Nicht in der normalen S-Bahn, sondern in einer, die gar nicht gefahren ist, die auf dem Abstellgleis stand. Irgendwann haben Svens Kumpels die Sitze herausgerissen und durch die Scheiben geworfen. Dann sind sie losgerannt. Ich bin noch ein bisschen sitzen geblieben. Ich kann nicht so lange rennen, da kriege ich immer Seitenstiche.

Ich habe mich dann herausgeschlichen und wollte mich in der Kuhle hinter dem Bahndamm verstecken. Aber auf dem Weg standen plötzlich zwei Bullen und die haben mich mitgenommen. Da konnte man nichts machen. Sie haben mich dann nach Hausenach Hause gebracht. Papa hat wie immer im Sessel gesessen und geraucht und Mutti hat ihre schmutzigen Hände vor das Gesicht gehalten und die Tränen mit ihren Handrücken weggewischt. Die sind meistens am wenigsten verdreckt. In letzter Zeit wäscht sie sich immer seltener. Sie stinkt nach Müllhalde. Ich liebe sie, aber dieser Gestank ekelt mich. Es ist nicht ihr Geruch, dann wäre es nicht so schlimm. Papa stinkt auch, aber bei ihm ist es sein eigener Geruch und es widert mich gerade deshalb an. Es lässt sich kaum beschreiben. Wenn mich jemand von Angesicht zu Angesicht danach fragen würde, bekäme ich kein Wort über die Lippen. Etwas Holziges, etwas Süßliches, etwas Rauchiges, etwas von Streichelzoo. Alles Gerüche, die auch angenehm sein können, aber bei Papa in ihren perversesten Extremen ausdünsten, so dass sich einem der Magen umdreht, wenn man nach längerer Zeit wieder das Wohnzimmer betritt.

Auch ich habe wohl sechzehn Jahre lang gestunken. Bis vor kurzem wusste ich nicht einmal etwas davon. Dann fragte mich dieser Typ vom Jugendamt, wie oft ich duschen würde. Ich hatte keine Ahnung, was das sollte. War der schwul und wollte mir auf irgendeine schräge Tour etwas unterjubeln? Ich sagte gar nichts dazu, ich glaube ich pustete nur Luft durch meine Nase und zog die Mundwinkel nach oben, damit es so aussah, als hätte ich das als Witz verstanden. Das tat ich oft und merkte es erst jetzt, da ich darauf achtete. Ich ließ meine Wut durch die Nase heraus und lächelte dabei! Musste mich da nicht jeder für einen kompletten Idioten halten? Ich beschloss, mir das abzugewöhnen, aber was würde ich stattdessen tun?

Mir fiel nichts ein und wie immer, wenn mir nichts einfiel und ich alleine war, hieb ich mit den Fäusten gegen die Wand meines Zimmers. Dabei spürte ich nichts. Erst als mir die Haut an den Fingerknöcheln aufplatzte und meine Schläge rote Flecken auf der vergilbten Tapete hinterließen, hörte ich auf. Die Wunden machten mir nichts aus, die verheilten immer schnell und bis dahin konnte ich den Kumpels bedeutungsvoll sagen, ich hätte wohl mal wieder zu hart zugeschlagen. Sie fragten niemals genauer nach und ich liebte sie dafür genauso wie für die Achtung, die sie mir in diesem Moment entgegenbrachten. Ja, ich liebte sie, natürlich so wie man einen Bruder liebt, oder wie man ihn lieben sollte und natürlich würde ich ihnen auch das niemals sagen.

Ich grübelte noch eine Weile, wie ich dieses erbärmliche, hinter dem debilen Grinsen versteckte Wutschnauben loswerden konnte. Als mein Kopf nach den Schlägen etwas freier geworden war, wurde mir völlig klar, dass es keine Alternative gab, die irgendetwas mit Worten zu tun hatte. Sollte ich versuchen, in solchen Situationen zu reden, musste das nur noch erbärmlicher wirken und meine Wut noch weiter anschwellen lassen. Es gab keine Lösung außer solchen Situationen aus dem Weg zu gehen. Ich machte weiter Termine mit dem Typen vom Jugendamt, ging aber nicht mehr hin.

Papa ist nicht einmal aus seinem Sessel aufgestanden, als die Cops mich nach der Sache mit der abgestellten S-Bahn nach Hausenach Hause brachten. Aber als sie weg waren, da geriet er in Bewegung. Seitdem war ich nicht mehr in der Schule. Mutti hat dort angerufen und gesagt, dass ich krank bin. Aber ich war noch nie krank. Papa sagt, das kommt davon, dass wir nicht so übertrieben saubermachen wie viele andere. Das stärke unsere Abwehrstoffe. Wahrscheinlich hat er damit sogar Recht, obwohl er es nur in irgendeiner Fernsehsendung aufgeschnappt hat, und das ärgert mich. Gerne würde ich ihm das Gegenteil beweisen und richtig krank werden; irgendetwas ernstes müsste es sein, so dass ich ins Krankenhaus komme, denn sonst wäre ich alleine mit ihm hier zuhause. So wie jetzt. Ich muss den ganzen Tag in meinem Zimmer bleiben. Keiner darf mich sehen und auch ich darf keinen sehen. So was wie mit Sven soll nie wieder vorkommen. Aber irgendwann, da werde ich auch meine eigene Wohnung haben. In eine WG will ich nicht. Ich will Mutti jetzt noch nicht alleine lassen.

Wenn Sie schon keine Kraft mehr hat, sich nach der Arbeit zu waschen, wie soll sie da ohne mich klarkommen? Papa hat sich, glaube ich, noch nie gern gewaschen. Jetzt sagt er, dass er sei zu krank dazu sei. Bei ihm hat der Dreck, der überall bei uns herumliegt, wohl nicht geholfen irgendwelche Abwehrkräfte aufzubauen. Außerdem sind seine Beine jetzt offen. Deshalb hat er stinkende, gelb-braun befleckte Binden herumgewickelt, die Mutti immer wechseln muss. Duschen oder baden kann er nun gar nicht mehr. Ich kann mich auch nicht erinnern, dass ich ihn jemals dabei gesehen hätte. Bis vor kurzem wusste ich nicht einmal mehr, wann ich selbst das letzte Mal geduscht hatte. Ich wasche mich auch so selten wie möglich, denn wenn ich das getan habe, merke ich nur noch mehr, wie es im ganzen Haus stinkt. Ich weiß nicht, wer den übelsten Geruch verbreitet, Papa oder Charly. Der alte Schäferhund ist fast blind und hat seit einem Jahr ein eitriges Geschwür auf dem Rücken. Wie Papa liegt er nur noch herum und wartet, dass die Zeit vergeht. Ich weiß nicht, wann ihn das letzte Mal jemand gebadet hat. Ab und zu bekommt er auf dem Hof etwas Regen ab, aber dann stinkt er nur noch schlimmer.

Aber das alles war mir bis vor Kurzem egal. Dann kam der Typ vom Jugendamt und fing mit dem Duschen an. Er gab einfach keine Ruhe mit der Fragerei. Immerhin war es keine Frau, die sie mir da aufgedrängt hatten. Ich hatte genug von den immergleichen Kindergärtnerinnern und Lehrerinnen, die ständig enttäuscht waren, traurig über das, was ich gemacht hatte, wo sie es doch gerade von mir nicht erwartet hatten.

Trotzdem nervte mich dieser Typ. Irgendwann wollte er wissen, was meine Kumpels zu meinen Klamotten sagen würden. Ich verstand nicht, was er damit von mir wollte und prustete wieder Luft durch meine Nase. Die nächsten Male ging ich einfach nicht zu den Terminen mit ihm, aber dann kam er doch wieder an und bohrte weiter. Irgendwann fiel bei mir der Groschen. Einer der Kumpels fragte mich, was eigentlich mit meinen Klamotten passiert sei. Eigentlich war gar nichts damit passiert, trotzdem standen sie vor Dreck und ich sagte, ich hätte unsere Garage aufgeräumt, was natürlich nicht stimmte, da unsere Garage noch nie aufgeräumt wurde. In diesem Moment erinnerte ich mich, dass die Kumpels schon oft etwas Ähnliches gefragt hatten und ich es immer mit derselben Ausrede beantwortete. Die Geschichte vom Aufräumen der Garage war mir schon so weit ins Blut übergegangen war, dass ich es selbst glaubte und dabei keinen Gedanken daran verschwendet hatte, was eigentlich hinter diesen Fragen steckte.

Am nächsten Tag stieg ich unter die Dusche. In der schwarz verschimmelten Badewanne schrubbte ich mir mit der Nagelbürste die alte Haut von den Knochen, meine Klamotten hatte ich am Abend zuvor von Mutti einmal richtig waschen lassen und sie auf dem Ofen zum Trocknen ausgelegt. Als ich sie überstreifte, war ich so stolz auf mich, dass ich mich fühlte, als würde ich ein neues Leben beginnen. Der Badspiegel war ganz beschlagen und ich saugte die feuchte, nach dem herb-frischen Duschgel duftende Luft in meine Lungen. Aber in dem Moment, da ich aus dem Bad kam und das Wohnzimmer betrat, wurde mir so schlecht, dass ich mich fast übergeben musste. Eine intensive, süßliche Fäulnis lag dort so schwer in der Luft, dass ich nicht mehr atmen konnte. Die frisch gewonnene Hoffnung fiel schlagartig von mir ab wie zuvor der eigene Gestank, der mich so lange vor dem Riechenmüssen geschützt hatte.

Nicht einmal der ewige Zigarettenrauch von Papa hat eine Chance, seinen Gestank zu überlagern. Die Fenster macht er nie auf. Die alten verzogenen Dinger kriege er dann nicht mehr zu, sagt er immer. Außerdem seien sie so undicht, dass genug Frischluft durch die Lücken hineinkomme. Wenn ich den Ofen anheize und er ordentlich Luft zieht, dann merkt man tatsächlich wie die gelbe Gardine ins Zimmer gezogen wird. Deshalb heize ich gerne den Ofen an. Da kann man sehen, wie der Gestank in den Ofen hineinschlüpft, sich in Rauch verwandelt und zum Schornstein herauszieht. Gerne sitze ich beim Anheizen mit einer Zigarette vor dem Ofen, denn an der schnellen Bewegung des Zigarettenrauchs kann man es beson-

ders gut nachvollziehen, wie die stinkende Zimmerluft massenweise im Ofen ver-
schwindet.

Meist verheize ich Holz, denn für
Kohlen haben wir kein Geld. Papa bekommt immer die Abfälle von der Tisch-
lerei an der Bushaltestelle. Meist sind es
kleine Stücken, die schnell verbrennen,
Manchmal aber auch große vergammelte
Balken, die sie aus alten Dachstühlen
herausreißen. Davon säge ich dann
schöne Teile zurecht, die ich auf die kleinen Stücke herauflege und die, wenn sie
erst mal durchgebrannt sind, noch lange
orangerot glühen und Hitze abgeben.

Jetzt wird es bald Frühling und
die schöne Zeit des Heizens ist bald vorbei. Die Sonnenwärme breitet sich aus
und lässt einem die Klamotten auf der
Haut kleben. Kinder laufen mit Waffeleis
umher, wir können uns das nicht leisten.

Papa kauft stattdessen lieber Großpackungen im Supermarkt. Die Sonne heizt die Gehwegplatten auf und die Feuerkäfer trauen sich aus ihren Verstecken unter den vom letzten Jahr liegengebliebenen Blättern. Da haben sie nicht mit mir gerechnet. Meine Schuhsohle macht ihnen den Garaus, sobald sie sich blicken lassen. Ich trete nicht einfach plump auf sie herauf. Nein, ich will sehen, wie das gelbe schleimige Innere aus ihnen herausquillt und erwische sie deshalb gezielt mit der Kante meiner Sohle, so dass ich nur einen Teil von ihnen zertrete und dem anderen Teil dabei zusehen kann, wie er sich aufbläht und zerplatzt. Diese Kreaturen haben es nicht verdient zu leben. Die Rosenstöcke von Mutti haben sie im letzten Jahr aufgefressen. Dafür hasse ich sie. Mutti hat immer gelächelt, wenn sie die Rosen angesehen hat. Sie lächelt nicht oft. Jetzt sind auch noch ihre Rosenstöcke weg. Was hat sie jetzt noch, das sie zum Lächeln bringen könnte? Ich habe meine Tauben. Sie leben in einem großen Verschlag auf unserem Hof. Den habe ich selbst gebaut. Es sind echte Brieftauben, von einem Taubenzüchter, der mal Papas Arbeitskollege war. Wenn ich sie irgendwo hinbringen und fliegen lassen würde, kämen sie immer zu mir zurück. Ich habe es noch nie ausprobiert, es reicht mir, es zu wissen. Es ist gut, das zu wissen.

Unsere Nachbarn sind anders als wir. Sie wollen nichts mit uns zu tun haben. Trotzdem schreiben sie oft Briefe ans Jugendamt, in denen sie etwas über uns berichten. Sie schicken die Briefe ohne Absender, aber wir wissen immer, wer sie geschrieben hat. Viele Nachbarn gibt es in dieser Gegend nicht. Die Grundstücke sind hier groß und die Hecken hoch. Die Nachbarn beschweren sich, dass das Unkraut zu ihnen herüberwächst, unsere Katzen auf ihren Grundstücken streunen und Lärm und Rauch zu ihnen herüberziehen. Sie wollen kein Teilchen von uns spüren. Aber das geht nicht. Papa ärgert sich über die Briefe und gibt sie dem Anwalt, damit er etwas dagegen unternimmt. Aber weil er den Anwalt nicht bezahlt, unternimmt der auch nichts. Mutti weint nur heimlich, weil sie weiß, dass es viel schlimmer um uns steht, als es in den Briefen steht.

Ich sitze nun in meinem Zimmer und schreibe. Ich kann schreiben. Aber ich zeige niemandem, was ich schreibe. Das meiste verbrenne ich irgendwann, nehme es zum Anheizen des Ofens. Es ist dann, als würden die Geschehnisse, die ich aufgeschrieben habe, mit dem Papier in Rauch aufgehen. Ein befreiendes Gefühl. In der Schule schreiben wir nie. Nicht so wie ich schreibe. Wir schreiben nur die Sätze nach, die die Lehrerin uns diktiert. Ich mache dann immer ein paar Fehler, aber viel weniger als die anderen. Es ist langweilig, aber es ist gut so. Das, was ich schreibe, würde die Lehrerin sowieso nicht verstehen. Sie ist wie unsere Nachbarn. Eigentlich will sie nichts mit uns zu tun haben. Sie hätte gern, dass wir ein bisschen mehr so würden wie sie, das wäre weniger bedrohlich. Aber ich kann nicht so werden wie sie. Wie sollte ich auch.

Vor ein paar Wochen habe ich in der Schule aus meinen Fußballerkarten ein Hakenkreuz auf den Tisch gelegt. Die Lehrerin tat sehr bestürzt und rief die Direktorin. Die Direktorin rief die Bullen. Die nahmen mich mit. Der Cop war freundlich. Er sprach, als würden wir uns schon lange kennen. Ich antwortete ihm höflich, dass ich auch nicht wisse, warum ich das gemacht habe. Er fragte mich, ob ich so etwas schon öfter gemacht habe und ob meine Kumpels auch so etwas machten. Natürlich sagte ich nein. Ob ich Probleme in der Schule hätte. Ebenfalls nein. Zu seinem Kollegen sagte der freundliche Cop, es sei doch wohl nur ein dummer Streich gewesen, der Junge sei ja ganz eingeschüchtert.

Aber ich hatte keine Angst vor den Bullen. Bei ihnen war es nicht schlimm, gerne wäre ich noch länger geblieben. Aber auch dort gehörte ich nicht hin. Ich wusste, dass ich wieder zurückmusste. Dieser Gedanke drehte mir den Magen um. Trotzdem musste ich ihn laufend denken. Ich dachte immer und ständig daran, was wohl als Nächstes passieren würde, und meistens waren das keine angenehmen Vorstellungen. Der Moment würde kommen, dass sie mich nach Hause brachten. Es musste sein, dort gehörte ich schließlich hin, zu Mutti, den Tauben und Papa. Ja, auch Papa. Ich wusste, was passieren würde. Trotzdem musste es sein. Als es so weit war, schloss ich die Augen, biss mir auf die Lippen und wartete, bis es vorbei war. Ich dachte dabei an Mutti, um nicht in Versuchung zu geraten mich zu wehren. Das konnte ich ihr nicht antun. Ich war völlig in Gedanken versunken, und als ich mich besann, saß Papa bereits wieder in seinem Sessel. Ich spürte keine Schmerzen. Er konnte mich nicht mehr treffen, auch wenn seine Faust immer noch dahin traf wohin sie sprichwörtlich am besten passte. Ich ging zu meinen Tauben und steckte mir ein paar von ihnen unter den Pullover. Erst flatterten sie aufgeregt, aber ich beruhigte sie. „Alles in Ordnung. Alles in Ordnung." flüsterte ich, und sie verstanden und schmiegten sich an meine lädierte Brust.

Mutti weinte, als sie nach Hause kam. Ich sagte, dass es mir leidtut und dass alles wieder gut werden würde. Immer wurde alles wieder gut. Zumindest eine Zeit lang. Auch diesmal schien es so. Justin kam nach Hause und hatte einen Tadel in seinem Elternheft. Das lenkte ein bisschen ab. Ihm passierte natürlich nichts. Nur zwei Wochen Stubenarrest bekam er. Nach spätestens drei Tagen hielt Papa das sowieso nicht mehr durch. Mein Bruder störte ihn viel zu sehr beim Fernsehen und er sagte dann immer, er solle sich auf die Straße verdrücken.

Ich durfte nie einfach raus auf die Straße. Immer musste ich genau Bescheid sagen, wohin ich gehe. Papa glaubte mir nie und telefonierte jede halbe Stunde auf dem Handy hinter mir her. Und er hatte Recht. Ich war nic da, wo ich gesagt hatte. Am Handy tat ich einfach so, als wäre ich woanders. Ich hasste dieses Ding, denn natürlich hatte ich keinen Vertrag; keiner aus unserer Familie bekam mehr einen - und auch nie ein Guthaben auf der Karte, so dass ich niemanden anrufen konnte, und Papa war der einzige, der mich anrief. Wenn ich keine Lust hatte, mir eine Geschichte auszudenken oder dieses verdammte Handyklingeln zu hören, mischte ich ihm drei oder vier von den kleinen weißen Tabletten mit dem Spalt unter seine nachmittägliche Ration. Leider konnte ich das nur jeden dritten Tag machen, an den anderen beiden musste ich die Menge wieder mit den anderen Pillen ausgleichen, damit nichts auffiel. Etwa eine halbe Stunde nachdem er seine Schlafration bekommen hatte, hörte ich sein Schnarchen bis in mein Zimmer und machte mich auf den Weg, meistens zu Sven oder zum Kauler. Zuerst immer zu Sven. Aber der war oft nicht da. Auch wenn er da war, machte er oft die Tür nicht auf. Aber wenn er aufmachte, dann schlug mein Herz höher. Am liebsten hätte ich ihn jedes Mal umarmt, aber das ging nicht, schließlich sind wir Männer. Stattdessen rauchten wir, tranken ein paar Bier und dann zogen wir durch die Stadt. Eigentlich mochte ich es nicht, so vielen Menschen zu begegnen, wie es in dieser verfluchten Stadt unvermeidlich war. Ständig hasteten sie an einem vorbei, als würden sie von etwas Schrecklichem verfolgt, und letztlich war es ja auch so. Sie flüchteten vor ihrer Angst vor dem Ablaufen ihrer Zeit und merkten gar nicht, wie sinnlos das war. Aber wenn ich mich mit Sven in diesem Ameisenhaufen bewegte, fühlte ich mich absolut frei. Ich wusste, dass mir nichts passieren konnte. Wenn uns nur einer schräg anguckte, schrie Sven ihn sofort auf die Harte zusammen. Er würde auch zuschlagen, das merkten die Leute und zogen den Kopf ein. Ich bewunderte es jedes Mal, wie er seinem Inneren Ausdruck zu geben vermochte. Ich konnte das nur mit meinem armseligen Geschreibe, das niemand jemals lesen würde.

Nicht dass ich ein ausgeprägtes Bedürfnis nach Aufmerksamkeit hätte, im Gegenteil. Ich kenne die Geschichten von den Typen, die mit der Pumpgun in ihre Schule gehen, um alle zu erschießen und sich schließlich selbst den Kopf wegzublasen. Ich verstehe sie, aber sie sind nicht wie ich. Sie wollen es allen zeigen, weil sich niemand um sie gekümmert hat. Ich bin froh, wenn mir niemand Aufmerksamkeit schenkt. Ich will nur Gerechtigkeit, will nichts beweisen, es glaubt ja doch niemand. Nicht dass ich das mit dem Töten nicht könnte, oh doch das könnte ich. Schließlich habe ich es auch mit meinen Tauben gekonnt, warum sollte ich es deshalb nicht mit irgendeinem menschlichen Abschaum tun können?

„Deine Tauben, das werden zu viele", hatte Papa gesagt. „Ich mache Dir das Messer scharf."

Nachdem ich die innerliche Ohnmacht überwunden hatte, die mich eine Zeit lang lähmte, nahm ich das Messer und tat es. Ich fühlte nichts dabei, es fiel mir auch nicht schwer, die Tränen zurückzuhalten. Nicht solange ich ihnen die Kehlen durchschnitt und mir dabei vorstellte, es wären die von gewissen

Leuten. Als ich das Blutbad beendet hatte, überlegte ich kurz, ob ich mir selbst
die Kehle durchschneiden sollte. Es hätte
wohl nichts geändert, in diesem Moment
war ich sowieso gestorben. Auch war ich
zu feige. Schon tot und trotzdem nicht
den Mumm, es auch Wirklichkeit werden
zu lassen. Als ich das dachte, heulte ich
los, wie ich noch nie geheult hatte. Es
war so erbärmlich. Als mir bewusst wurde, dass ich über meine eigene Erbärm-
lichkeit heulte, musste ich noch mehr
heulen, ein Teufelskreis, der nicht mehr
zu stoppen zu sein schien. Aber da war
ich schon längst wieder in meinem Zimmer und hatte laute Musik eingeschaltet.
Niemand konnte mich sehen, keiner
mein Heulen hören.

Dieses Geheule, das durfte mir
nicht noch einmal passieren. Wenn ich
dieses Dasein überstehen wollte, musste

ich meine verzärtelte Natur bekämpfen. Nichts durfte davon übrigbleiben, sie wucherte schon genug wie das Unkraut in unserem sogenannten Garten. Zuerst bannte ich diese Gedanken auf Papier, das unweigerlich fleckig wurde, weil es im Haus keine saubere Stelle gab, auf der man es beschreiben konnte. Aber das war jetzt egal, denn ich verbrannte die Zettel sofort wieder, nur dafür hatte ich sie produziert. Auch dieses Geschreibe musste nun aufhören.

Niemand sollte die Geschichte mit den Tauben erfahren und doch erzählte ich sie in einem Moment der Schwäche diesem Typen vom Jugendamt, der seit der Sache mit dem Hakenkreuz regelmäßig bei uns aufkreuzte. Er war, glaube ich, etwas jünger als Mutti und sah ziemlich tuntig aus mit seinen halblangen, zur Seite gegelten Haaren. Zuerst sträubte sich alles in mir, mich mit dieser komischen Gestalt abzugeben oder mich gar von den Kumpels mit ihm zusammen sehen zu lassen. Seltsamerweise fand ich ihn schon bald nicht mehr ganz so abstoßend, bis er mich eines Tages so lange ausfragte, bis die Sache mit den Tauben aus mir herausplatzte. Wieder unter Tränen, wie beschämend. Der Typ ging dann zu Mutti und Papa und meinte, sie hätten mich psychisch missbraucht. So eine verdammte Scheiße, hätte ich doch nur die Schnauze gehalten, so wie ich es immer getan habe, was war mir da nur eingefallen? Mutti und Papa sagten, es hätte mir nichts ausgemacht, die Tauben zu schlachten. Sie hätten das auch als Kind gelernt, auf Opas und Omas Hof. Schließlich hätte ich sogar alle Tauben geschlachtet, obwohl ich das gar nicht sollte, denn nun konnten sie sich ja nicht wieder vermehren.

Und so war es ja auch. Sie hatten Recht und ich nickte nur, als sie mich bei der „Konferenz" im Jugendamt fragten, ob es wirklich so sei. Wenn es nicht so war, dann musste es eben so werden. Immer wieder stellte ich mir deshalb meine Tauben vor, wie sie blutend und manchmal noch zuckend vor mir lagen. In meinem Kopf gab es keine Bilder mehr davon, obwohl ich die Augen nicht geschlossen hatte, als ich es tat. Ich konnte mir aber trotzdem ein Bild von ihren verdrehten und geschändeten kleinen Körpern machen, schließlich kannte ich jede Feder an ihnen. So wie mich das ständige kalte Wasser in unserem Haus und der Dreck, den ich einatmete und fraß, gegen Krankheiten abgehärtet hatten, so sollte mich jetzt die ständige Wiederkehr dieser Bilder vor dem Drang zum Heulen schützen.

Tatsächlich wurde ich jeden Tag besser. Bald stellte ich mir auch verschiedene Menschen in der gleichen Situation wie der meiner Tauben vor, aber bei den meisten regte sich ohnehin keine Gefühlsfaser in mir. Ich musste es mit Mutter tun. Wenn ich das schaffte, hatte ich das Weinerliche in mir überwunden. Als ich schließlich den Mut dazu aufbrachte, war es einfacher, als ich gedacht hatte. Obwohl mein Ziel damit eigentlich erreicht war, blieb ich nicht an dieser Stelle stehen. Ich stellte mir Mutter in den verschiedensten ekel- und grauenhaften Todeszuständen vor, solange bis keiner davon auch nur noch die geringste Chance hatte, meine Tränendrüsen zu erreichen.

Es fiel mir in der folgenden Zeit immer leichter, die Umstände zu ertragen. Trotzdem konnte ich nicht zuhause bleiben. Als der Mann vom Jugendamt mich eines Tages wieder fragte, ob ich nicht doch lieber in eine Notunterkunft wolle, ging ich mit. Papa wurde wütend, als wir ein paar meiner wenigen Sachen von zuhause abholten. Er schrie, ich hätte die Geschichte mit den Tauben doch nur so aufgeblasen, weil ich in eine WG wolle, so wie mein verkommener Bruder. Wenn ich diesen Willen jetzt wirklich bekäme, wolle er mit dem Jugendamt von nun an nichts mehr zu tun haben. Ich würde genauso enden wie Sven. Mutti weinte nur.

Der Mann nahm mich mit in ein flaches graues Haus. Eine Metalltreppe führte in mein Zimmer. Alles war bunt angemalt, trotzdem sah es traurig aus.

Zuerst versuchten sie, mich auszufragen. Sie wollten mich wieder zum Heulen bringen, aber ich blieb standhaft und erzählte nur das Nötigste. Die anderen Jugendlichen sahen mich nur angewidert an. Sie waren nicht so wie ich. Ich sagte mir noch ein paar Mal, dass ich diese Chance nutzen musste, weil es vielleicht meine letzte war, doch noch ein vernünftiges Leben anzufangen. Aber je öfter ich mir das vorsagte, desto intensiver spürte ich, wie etwas an mir zog, mir sagte, dass ich hier nicht hergehörte. Ich lag die ganze Nacht wach in meinem viel zu weichen Bett. Immer stärker wurde das Gefühl, dass ich dort wegmusste, dass es einfach nicht funktionieren konnte. Schon am Morgen manifestierte sich dieses Gefühl in einer Art, wie es kaum deutlicher hätte sein können.

Ich war als letzter unter die Dusche gegangen, damit ich dort allein war und kam deshalb auch als letzter herunter zum Frühstück. Dort musste ich mitansehen, wie die Anderen gierig über ihren Cornflakes-Schüsseln hingen und den milchigen Brei in sich hineinschaufelten. Vor ein paar Jahren hatten meine Mitschüler auf dem Pausenhof erzählt, wie sie sich bei ihrem Ferienjob auf einem Milchhof von der Melkmaschine einen runterholen ließen. Sofort hatte sich die Szene, wie ihre glibberigen Ausscheidungen durch die Schläuche in den großen Tank flossen, in meinem Kopf verbildlicht und dort eingebrannt, so dass ich nie wieder etwas anrührte, das irgendwie mit Milch zu tun hatte und dies auch nie wieder tun würde.

Da saßen sie nun alle an den plastikbeschichteten kahlen Tischen mit

milchtriefenden Mundwinkeln. Ich rann-
te aufs Klo und würgte eine zähflüssige
Masse heraus, die sich wie die Schlacke
im Ofen über Nacht in meinem Magen
angesammelt hatte.

An diesem Tag wollten sie mich
wieder ausfragen und wieder ließ ich es
nicht zu. Auch in der Nacht tat ich kein
Auge zu. Am Morgen, als noch alle
schliefen, zog ich die Stifte aus den
Scharnieren der Bürotür und nahm sie
einfach heraus. Wie leicht sie war, als
wäre sie aus Pappe! Ich schnappte mir
die kleine blaue Kasse mit dem silbernen
Henkel, aus der sie mir gestern sieben
Euro gegeben hatten und von jetzt an
jeden Tag geben wollten. Was sollte daran falsch sein, wenn es sowieso mein
Geld war? Die Kasse war verschlossen,
aber das sollte kein Problem werden.

Ich fühlte mich ein bisschen wie mein Idol. Das ist ein Engländer, der vor langer Zeit mal eine Bank überfallen und sich mit etlichen Millionen nach Brasilien abgesetzt hat, wo er unbehelligt leben kann, weil sie ihn von dort nicht ausliefern. Zumindest habe ich das vor einiger Zeit in der Glotze gesehen. Vielleicht könnte ich mir im Internet mehr Informationen darüber besorgen, aber ich weiß nicht so richtig wie. Wahrscheinlich würde das, was ich dort fände, meinen Erwartungen sowieso nicht gerecht werden. Ich lese so etwas nicht gerne. Immer wird dort das Für und Wider abgewogen, Meinungen und Aussagen gegenübergestellt, bis nichts mehr übrigbleibt, was nicht infrage steht und bis zur Unkenntlichkeit und Bedeutungslosigkeit zerschlissen ist.

Schnell lief ich mit der Kasse zu Sven. Der umarmte mich, legte mein Mitbringsel auf den Boden und öffnete es mit einem gezielten Tritt. Knapp zweihundert Euro waren darin, mein Geld für den ganzen nächsten Monat. Aber so lange würde es wohl nicht reichen: Wir zogen mit den anderen durch die Stadt und kauften davon Getränke für alle. Es war mir egal, jetzt in der Freiheit lag das Geld auf der Straße. Endlich gehörte ich dazu. Als es Abend wurde, nahm Danny mich mit zu sich nach Hause. Sie küsste mich wild und biss mir in die Lippen; ich platzte fast vor Erregung. Als sie mir in die Hose fasste, konnte ich es nicht mehr halten. Sie lachte nur kurz und steckte ihre Hand noch tiefer hinein, solange bis ich wieder soweit war. Wir trieben es die ganze Nacht auf der alten Matratze in dem sonst fast leeren Zimmer. Sie zeigte mir, wie es sich anfühlen musste, wenn man sich Heroin spritzte. Ich habe das Zeug niemals angefasst, konnte schon den Gedanken daran nicht ertragen, mir dieses Stück kaltes Metall in die Adern zu stechen, so wie sie es tat.

Am nächsten Tag nahm ich den Rest des Geldes zusammen und kaufte eine silberne Kette für Danny. Na, es war wohl kein echtes Silber, aber sie sah schön aus, so fein und elegant. Den ganzen Tag zog ich wie elektrisiert durch die Stadt. Ich konnte nicht anhalten, mich nicht hinsetzen, wie aufgezogen trugen mich die Beine einfach weiter. Als ich Danny am Abend die Kette vorbeibrachte, lachte sie nur wie bei unserem ersten Versuch in der vorangegangenen Nacht. Dann sagte sie, sie müsse noch mal los, und kam die ganze Nacht nicht wieder. Ich lag auf der durchgelegenen Matratze und leerte die Reste aus den Flaschen, die um mich herumstanden. Ich machte mir Sorgen, hatte so ein seltsames Gefühl im Bauch, wie damals bei Yvonne. Sie kam in der Fünften in unsere Klasse und bis zur Neunten wurde sie meine beste Freundin. Aber bei ihr kam ich nie so weit wie bei Danny an einem Tag. Sie hatte immer einen Freund, mit dem sie laufend Schluss machte, dann aber trotzdem wieder zu ihm zurückging. Sie sagte immer, man könnte so gut mit mir reden, natürlich redete eigentlich nur sie. Irgendwann zog sie weg und ich schrieb ihr noch ein paar Briefe. Ich packte alles dort hinein, was ich ihr nie gesagt hatte, aber sie antwortete nie. Schließlich fuhr ich an ihrem Geburtstag zu ihr ins Lehrlingswohnheim. Ich spürte, dass es ihr peinlich war, mich wiedersehen zu müssen. Trotzdem blieb ich die ganze Nacht und betrank mich wie selten zuvor. Als ich am Mittag im Fernsehraum aufwachte, machte ich mich auf den Weg ohne sie je wiederzusehen.

Mit Danny durfte das nicht passieren. Sie musste mir gehören. Das musste ich ihr zeigen. Das mit der Kette hatte nicht geklappt, aber die Gelegenheit würde kommen. Als Danny morgens nach Hause kam, legte sie sich neben mich auf die Matratze, schubste mich an den Rand und begann sofort zu schnarchen. Ich beobachtete sie, wie sie da im weißen Licht der aufgehenden Sonne lag. Als sie aufwachte, war es schon später Nachmittag, und ich sah immer noch zu, wie sich ihr Brustkorb hob und senkte. Ich konnte nicht genug davon bekommen. Sie fragte etwas rau, warum ich so verzückt starrte, aber ich sagte nichts, ich konnte nicht. Wir trafen uns mit den anderen vor dem Penny, deckten uns mit Getränken ein und zogen umher.

Die Stadt war so sauber, wie ich sie noch nie gesehen hatte. Ein böiger Sturm von Westen hatte die letzten vertrockneten Blätter von den Bäumen gefegt und Platz für neue Knospen geschaffen, was der warme Herbst und der laue Winter nicht vermocht hatten. Wochenlanger Regen hatte nun die Blätter zusammen mit den Resten des verkrusteten und verdreckten Schnees weggespült. Die breitgetretenen Kaugummis leuchteten reingewaschen als weiße Sprenkel auf Straßen und Wegen, bald würden sie sich wieder chamäleonartig ihrem Untergrund anpassen. Wir machten wir es uns in einer Ecke auf der S-Bahn gemütlich. Dort war es trocken und windgeschützt und ab und zu warf jemand eine Münze in den Becher, den wir vor uns stehen hatten, so dass wir wieder etwas zu trinken holen konnten. Danny erzählte wieder die Geschichte, wie so ein Schwein versucht hatte, sie abzumurksen. Eine ohnmächtige Wut kochte dabei jedes Mal in mir hoch. Dann stand er plötzlich da in seinem weißen T-Shirt und stieß Richie auf die Gleise, drehte sich lächelnd um und spuckte in meine Richtung. Ich hatte gerade eine fast leere Flasche Wodka in der Hand, trank den letzten Schluck aus und zerschlug sie an der gekachelten Wand. Ich brauchte nicht zu überlegen, was zu tun war.

Das Schwein lag bereits am Boden, als ich dazukam. Sven und die anderen hatten ihn umgeworfen und schrien ihn an. Ich war jetzt so ruhig wie selten zuvor, als betrachtete ich mich selbst in einem Film. Der Typ lächelte sogar noch, als ich mich auf ihn setzte und ihm mit dem Flaschenhals die Kehle durchschnitt. Es war plötzlich still, nur die kratzenden Geräusche des zerbrochenen Glases, das auf Sehnen und Knochen rieb, sagten mir, dass ich gerade unheimliche Kräfte aufwandte. Davon merkte ich aber nichts. Ich hatte nur das seltsame Gefühl, dass ich diesem Typen gerade einen Gefallen tat.

Plötzlich herrschte absolute Stille, ein erschrockenes Schweigen. Es wurde erst unterbrochen, als irgendjemand leise aber betont „Scheiße" sagte. Ich spürte, dass die anderen mich nicht verstehen würden, dass ich auch von ihnen keine Hilfe erwarten konnte, von niemandem mehr. Ich stieg in eine S-Bahn, die gerade eingefahren war. Mir gegenüber saß eine dicke Frau, deren Gesicht nicht die Milde ausstrahlte, die die Beleibten sonst so oft als sympathisch erscheinen ließ. Sie las aufmerksam in einer Zeitschrift, die „Freizeitspaß" hieß und auf deren Titelblatt die Schlagzeilen

„Todesangst im Swimmingpool", „Familien-Krieg" und „Entführungsdrama" prangten. Noch vor einiger Zeit empfand ich beim Lesen solcher Titel noch eine eigenartige Mischung aus Verwunderung, Abscheu und Belustigung. In diesem Augenblick erschien es mir das, was ich da las, das Normalste der Welt zu sein. Ich fuhr bis zur Endstation. Hier war nicht nur die Strecke sondern auch Berlin zu Ende, es sah ein bisschen aus wie in der Nähe von Mutti und Papa, auch wenn ich mich ganz woanders befand.

Noch bis vor Kurzem hatte ich keine Ahnung, was eigentlich der Unterschied zwischen einer S-Bahn und einer U-Bahn sein sollte. Ich orientierte mich einfach an den Farben, eigentlich nur an einer: Wenn der Zug gelb war wie die Busse, dann war es eine U-Bahn. Ich fragte nie jemanden, warum es diese beiden Farben und die den Namen vorgesetzten Buchstaben gab. Nicht dass es mich nicht interessiert hätte, aber nur zu gut erinnerte ich mich daran, wie ich vor ein paar Jahren Mutti gefragt hatte, warum es eigentlich in der S-Bahn nie etwas zu essen gab. Seitdem erzählte Papa diese blöde Geschichte jedes Mal, wenn er irgendwelchen Besuch hatte, und ergötzte sich an dem höhnischen Gelächter, das er daraufhin erntete. Nur Trung hatte nicht gelacht.

Als ich aus den Erinnerungen erwachte, musste ich überlegen, wo ich mich befand und was passiert war. Wieder hatte ich keine Bilder mehr im Kopf, aber ich wusste genau, was ich getan hatte und dass es genauso hatte sein müssen. Ich merkte, dass ich bereits eine ganze Zeit in einem Einfamilienhaus-

Viertel herumgelaufen war und keine Ahnung hatte, wo ich mich befand. Inzwischen musste jeder Bulle in der Stadt ein Foto von mir in der Tasche haben, so kannte man es ja aus der Glotze. Vielleicht konnte ich mich irgendwie unkenntlich machen. Als Sven mit Haftbefehl gesucht wurde, hatten wir ihm die Haare schwarz gefärbt. Aber das sah so beknackt aus, dass er sich mit Papas Nassrasierer alles wieder herunterkratzte. Auf der Kopfhaut verblieb eine Menge schwarzer Stellen, wahrscheinlich hatten wir die Farbe zulange darauf gelassen. An anderen Stellen standen noch schwarze Stoppeln, wieder andere waren schorfverkrustet, weil Sven nichts gesehen und sich die Haut heruntergeschabt hatte. Es sah schrecklich aus und natürlich absolut nicht unauffällig. Er lief von da an nur noch mit einem Basecap herum und wurde trotzdem schnell geschnappt. So einfach wie in der Glotze war es dann doch nicht.

Auch bei mir würde das wohl kaum klappen. Ich musste weg. Möglichst weit weg. So wie der Engländer nach Brasilien zu flüchten, das wäre es. Aber wie sollte ich ohne Geld dorthin kommen? Einfach auch eine Bank zu überfallen, das konnte mich jetzt kaum noch tiefer in die Scheiße reiten. Aber es ging nicht, keine Chance. Ich hatte keine Waffe und mit einer abgeschlagenen Flasche könnte ich da kaum auftauchen. Eine Spielzeugpistole würde es natürlich tun, die war leicht zu bekommen. Aber die würde mir wahrscheinlich vor Zittern aus der Hand fallen, wenn ich vor diesen feinen Schnöseln am Bankschalter stehen und denen in die Augen sehen müsste. In jedem Fall würde ich keinen Ton herausbringen. In der Glotze sah auch das so einfach aus: In die Decke schießen und „Das ist ein Überfall, keiner bewegt sich!" brüllen. Aber so wenig man mit Zündplätzchen in die Decke schießen konnte, so wenig konnte man überzeugend brüllen, wenn man keine Stimme hatte.

Wenn die Kumpels irgendeinem Typen sein Handy oder die Nintendo Switch abzogen, stand ich immer nur daneben und konnte weder etwas sagen noch den Typen in die Augen sehen, wenn sie endlich verängstigt alles herausrückten. Die meisten machten das ohne großes Theater, aber einige brauchten ein paar motivierende Schläge. Auch da machte ich nicht mit. Ich konnte es nicht, aber irgendetwas musste ich tun. Meistens kam ich damit durch, dass ich so tat, als stünde ich Schmiere und würde die anderen warnen, wenn die Bullen kämen. Manchmal hatte ich, wenn alles vorbei war, auch das Gefühl, den Abgezogenen noch einmal in die Eier treten zu müssen, um zu vertuschen, was ich selbst für ein erbärmliches Weichei war. Wenn sie am Boden lagen oder eingeschüchtert nach unten sahen, brauchte ich ihnen nicht in die Augen zu sehen, dann konnte ich das tun.

Wenn die Anderen dann brüllten: „Ja, halt bloß die Fresse, sonst kommen wir wieder!" dann stellte sich in mir ein tiefes Wohlgefühl ein, das ich nur in diesen Momenten spürte und bei dem ich mich nicht erinnern konnte, schon einmal etwas Ähnliches empfunden zu haben. Als ich dem Typen im weißen T-Shirt die Kehle durchschnitt, stellte sich dieses Gefühl nicht ein. Ich fühlte gar nichts dabei, nur dass es getan werden musste. Es fiel mir nicht schwer, es zu tun. Aber ein Banküberfall, das war leider undenkbar. Ich würde es dabei mit zu vielen Leuten zu tun haben. Selbst wenn ich vorher alles akribisch durchplante, so wie ich es immer mit allem tat, was ich vorhatte, würde mich jedes kleinste ungeplante Detail oder eine unerwartete Bemerkung aus dem Konzept bringen. Wahrscheinlich müsste ich sie alle töten, aber das konnte man nicht schaffen, schon gar nicht ohne die richtige Waffe.

Nein, ich würde ohne Geld durchkommen müssen. Aber schließlich hatte ich seit sechzehn Jahren nichts anderes getan. Warum sollte es mir jetzt nicht gelingen? Ich musste wie der Engländer nach Brasilien. Dort war es warm und die Früchte wuchsen überall an den Bäumen. Wozu brauchte man Geld, wenn man nicht frieren und nicht hungern konnte? Aber wie sollte ich dorthin kommen? Ich hatte nicht einmal eine Ahnung, wie weit es war. Ich versuchte mich an den Atlas zu erinnern, den ich so oft in der Hand gehabt hatte, konnte aber die vielen Namen und Puzzlestücke, die mich immer so faszinierten, in meinem Kopf nicht zusammensetzen.

Viele Stunden hatte ich mit diesem Atlas verbracht, mir ausgemalt, wohin ich gehen konnte, wenn sich einmal die Gelegenheit ergeben würde. Jetzt war sie da, war sogar zur Existenzfrage geworden, denn wenn ich jetzt nicht ging, würde ich wohl nie wieder auch nur irgendwohin gehen können. Solange das Gehen noch eine Möglichkeit war, hatte es mir viel Freude bereitet. Jetzt da es zum Muss geworden war, ängstigte es mich. Ich musste irgendetwas tun, um diese Angst zu vergessen. Mir fiel kein

Weg ein, mich dagegen abzuhärten, wie ich es mit den Bildern meiner Tauben getan hatte. Also musste ich etwas anderes finden, um diese drückende Furcht aus meinem Kopf zu bekommen. Vielleicht musste ich einfach das tun, wovor ich mich fürchtete und zwar so bald, dass ich keine Gelegenheit mehr dazu hatte, weiter darüber nachzudenken.

Viele schöne Autos standen in dieser Gegend, durch die ich immer noch zügigen Schrittes marschierte. Ich hatte oft dabei zugesehen, wie die Kumpels mit einem Schraubenzieher die Schlösser knackten. Wir fuhren dann einfach los. Ohne Ziel, einfach weg. Das war herrlich, den Kopf in den Fahrtwind zu halten und zu wissen, dass man sich keine Gedanken machen musste, wohin man fuhr. Mit den Autos, die hier standen würde das nicht funktionieren, sie waren zu

neu, hatten Alarmanlagen und Wegfahr-
sperren. Ich kannte die Modelle, bei denen es noch mit dem Schraubenzieher
funktionierte, aber nicht einmal den hatte ich. Außerdem befiel mich eine tiefe
Unsicherheit, ob ich es überhaupt schaffen würde, denn wie immer hatte ich nur
Schmiere gestanden, wenn die Autos ge-
knackt worden waren.

Aber ich musste die aufkommende
Angst besiegen, durfte gar nicht über so
etwas nachdenken. Ich bog einfach in die
nächste Auffahrt ein, öffnete mit einem
kleinen Schieberiegel das Tor und ging
zu einem Geräteschuppen. Das lächerlich kleine Vorhängeschloss zerschmet-
terte ich mit einem Schlag, öffnete die
Tür, schüttete eine Kiste aus und nahm
mir einen Schraubenzieher. Diese Bewegungen liefen auf eine seltsame Weise
mechanisch ab, als wäre es gar nicht ich

selbst, der das tat. Ich hörte ein Rufen und Krächzen, aber ich durfte nicht in die Richtung sehen, aus der es kam, sonst hätte es meinen Bewegungsablauf mit einem Schlag durcheinandergebracht. Ich ging wieder durch das kleine Gartentor und schob sogar den Riegel wieder zu, bevor ich mich zurück zur S-Bahn begab. Ich hatte zuvor keine Ahnung gehabt, wo ich mich befand und in welcher Richtung sich die Station befand, aber in diesem Moment steuerte etwas meine Bewegungen, auf das meine Gedanken keinen Zugriff hatten. Aber trotzdem war ich es und das gab mir ein gutes Gefühl; es war in mir, ich konnte alles schaffen, auch wenn es nicht ich selbst war, so wie ich mich bisher gekannt hatte.

Ich fuhr einmal quer durch die ganze Stadt, mehr als eine Stunde dauerte das. Zuerst wichen die Felder und kleinen Häuschen grauen Plattenbauten, dann sanierten Plattenbauten, dann kamen vierstöckige Altbauten zum Vorschein, die teils grau, teils saniert waren. Die vielen Glasfassaden, das musste das Zentrum sein. Dann wiederholte sich die Abfolge der Gebäude in umgekehrter Reihenfolge. Nur die Plattenbauten waren etwas weniger dominant. Ich war jetzt wohl im Westteil, den ich vorher noch nie gesehen hatte. Aber hier sah es auch nicht anders aus und das war gut so. Die Kumpels erzählten ständig von Kreuzberg und dass man dort als Deutscher auf keinen Fall hingehen dürfe, denn dort gab es nur Araber, die jeden Deutschen sofort abzogen und wenn man nichts hatte oder den Mund aufmachte, schlitzten sie einen auf wie ein Schwein im Schlachthof. Immer wieder hörte ich fasziniert diese Geschichten.

Die einzigen Deutschen, die dort lebten, nannte man Autonome. Die vermummten sich den ganzen Tag, gingen sogar zum Einkaufen mit einem Palästinenser-Tuch über dem Gesicht, so dass nur ihre Augen herausschauten. Wahrscheinlich machten sie das, damit die Araber sie in Ruhe ließen. Außer dem Tuch, das schwarzweiß oder rotweiß sein konnte, trugen sie nur schwarze Klamotten, vielleicht wollten sie aussehen wie Ninja-Kämpfer, um die Türken abzuschrecken und nicht ständig von ihnen angegriffen zu werden. Nein, hier war es nicht wie in Kreuzberg, die Leute sahen normal aus. „Spandau" hatte an der Anzeige gestanden, schon oft war ich mit dieser S-Bahn gefahren, aber nie bis zum Ende, immer nur ein paar Stationen und kein einziges Mal hatte ich dabei darüber nachgedacht, wie es wohl an der Endstation aussehen würde.

Der Westen hatte keine Bedeutung für mich, außer diesem mysteriösen Kreuzberg, um das meine Gedanken häufig kreisten. Mutti und Papa erzählten oft mit glasigen Augen von der Maueröffnung. Vorher seien sie die ganzen Jahre eingesperrt gewesen. Ich frage mich, was da der Unterschied ist, wenn man sowieso nie das Haus verlässt.

Meine Gedanken blieben an unserem Haus kleben wie an einem der spiralförmigen braunen Fliegenfänger, die gespickt von kleinen schwarzen Kadavern an allen unseren Lampen hingen. Ich spürte, dass ich noch einmal dorthin musste, ehe ich wegging. Noch einmal musste ich es sehen, bevor ich es aus meinem Gedächtnis löschen konnte, so wie ich das Papier, auf dem ich meine Gedanken notiert hatte, noch einmal in die Hand nehmen musste, bevor ich es in den Ofen warf.

Ich verließ den Bahnhof nicht. Sein Glasdach überspannte nicht nur die S-Bahnsteige sondern auch einen Fernbahnhof, weshalb in der darunterliegenden Halle eine aufgeregtere Atmosphäre herrschen musste, als ich sie jetzt ertragen konnte. Auch sah ich, dass der Bahnhof von stark befahrenen Straßen eingeschlossen war, an deren Fußgängerampeln sich große Trauben von Menschen bildeten, die dann in der Mitte der Straße ineinander verschwammen und sich auch auf der anderen Straßenseite nur zäh wieder auflösten. Ich konnte mich jetzt nicht unter so viele Menschen begeben und stieg wieder in den noch fast leeren letzten Wagon der S-Bahn, mit der ich gekommen war, und die jetzt zurück in Richtung Strausberg fahren würde.

Während der Fahrt sah ich wieder aus dem Fenster, aber diesmal achtete ich nicht auf die Gebäude und das, was sonst noch an mir vorbeizog. Ich dachte nach. Vielleicht würde die Polizei unser Haus schon beschatten. Wo sollten sie mich sonst suchen? Es würde gefährlich werden, noch einmal dorthin zu gehen. Trotzdem konnte ich es nicht lassen. Ich stieg eine Station zu früh aus und ging an den Gleisen entlang, über den Friedhof und durch den Gartenweg, so dass ich auf der hinteren Seite unseres Hauses ankam. Dieser Teil des Grundstücks war noch verwilderter und vermüllter als der in der Nähe des Hauses. Ich sah vom Gebüsch aus auf die bröckelige Fassade. Nichts bewegte sich. In der Hoffnung, doch noch etwas zu sehen, verharrte ich

solange in der Hocke, bis sich die Muskeln meiner Oberschenkel verkrampften
und ich unter einem stechenden
Schmerz aufstehen musste. Ich weiß
nicht, was ich dort sehen wollte, vielleicht irgendein Zeichen, das mir sagte:
Du kannst gehen, hier wirst Du nicht
mehr gebraucht.

In dem Moment, in dem ich mich
aus der Hocke wieder hochschraubte,
legte sich mir eine Hand auf die Schulter.
Mein Herz begann zu rasen und Schweiß
rann mir innerhalb von Sekundenbruch-
teilen ins Gesicht, so wie ich es noch nie
erlebt hatte. Ich war erstarrt, brachte es
nicht fertig mich umzusehen. Die Hand
packte mich und drehte mich herum, so
dass ich das Gleichgewicht verlor und
mich an der Jacke des Mannes festhal-
ten musste, der da hinter mir stand. Er
trug eine große Kiste auf der Schulter,

die ihn zusätzlich in meine Richtung zog, so dass auch er sich nicht mehr halten konnte und wir beide zu Boden fielen. Ich hörte ein helles angenehmes Lachen und sah in das Gesicht von Trung.

Ich glaube, ich hatte mich noch nie zuvor so sehr darüber gefreut, einen bestimmten Menschen zu treffen, wie in diesem Augenblick. Da er mich so anlachte, wusste er offensichtlich noch nicht, was ich getan hatte. Nachdem wir aufgestanden waren, sah mich Trung fragend an und öffnete die Handflächen nach oben. Ich bedeutete ihm, dass die Sache kompliziert sei. Er nahm seinen Karton wieder auf die Schulter und winkte mich in den alten Schuppen. Dort nahm er eine Stange Zigaretten heraus und wir rauchten. Ich sagte, dass ich wegmüsse, und fühlte dabei, dass Trung mich genau beobachtete. Es war kein voyeuristischer Blick sondern hatte etwas von ehrlicher Teilnahme und war mir deshalb auch nicht unangenehm. Trung nahm noch einen tiefen Zug und nickte mir zu.

„Ich habe Geld, ich kann helfen." sagte er.

Ich schüttelte den Kopf und erzählte ihm von meinem Plan, nach Brasilien zu gehen, und sah, wie sich dabei sein Blick verklärte und ein Lächeln um seine Mundwinkel spielte. Ich fragte ihn, ob Brasilien in der Nähe seiner Heimat liege, aber er lachte nur auf seine verlegene höfliche Weise. Wie er damals hierhergekommen sei, wollte ich von ihm wissen. Er erzählte von einem großen Schiff, einer aufregenden, langen Fahrt, und auch wenn er schwer zu verstehen war und ich ihn nicht mit Nachfragen belästigen wollte, wusste ich bald, dass auch ich dasselbe machen musste. Trung sah mich wieder mit seinem teilnehmenden Blick an und merkte wohl, dass ich überlegte, wie ich es schaffen konnte, mit dem Schiff nach Brasilien zu gelangen.

Er meinte, dass er mir nicht so viel Geld geben könne, dass es für die ganze Reise reichen würde, aber er wolle mir in jedem Fall helfen. Morgen um die gleiche Zeit solle ich wieder hierherkommen. Ich lief den gleichen Weg zurück, auf dem ich gekommen war. Mein Herz, das von der Begegnung mit Trung so aufgeweicht war wie das alte Weißbrot in der Milchsuppe, die Mutti uns früher immer machte, krampfte sich plötzlich hart zusammen und stach, als ich daran dachte, dass er in diesem Moment alles erfahren musste und morgen vielleicht gar nicht am Schuppen sein würde. Aber er würde Papa und Mutti sicher nichts von unserer Verabredung sagen. Das war gut. Vielleicht kam er ja doch und wenn ja, dann stellte er sicher keine unangenehmen Fragen. Ich würde morgen wieder zum Schuppen gehen, das letzte Mal, es musste so sein.

Es war inzwischen dunkel geworden. Ich fühlte mich erschöpft und musste unbedingt schlafen. Sollte ich in den Schuppen zurückgehen und mich dort hinlegen? Nein, der Gedanke gefiel mir nicht. Damit würde ich unser Haus zu weit in mein neues Leben hineinlassen. Nur morgen müsste ich noch einmal dorthin und endgültig damit abschließen, auch wenn ich noch nicht wusste wie.

Ich ging den Gartenweg zurück und schlenderte über den Friedhof. Er hatte nichts Bedrohliches für mich. Nicht dass ich von mir behaupten könnte, ich sei kein ängstlicher Mensch. Aber der Tod löste keine Ängste in mir aus, zumindest nicht der Tod anderer Menschen und die lagen hier, wo ich nie vergraben werden würde. Ich gehörte hier nicht her, der Ort hatte keine Macht über mich. Ich habe einmal gehört, dass die Leute ihn als „Gottesacker" verniedlichten, um sich die Angst davor zu nehmen. Ich hatte keine Ahnung, was Gott auf diesem Acker einmal anzupflanzen gedachte. Im Moment war es doch wohl eher ein Komposthaufen. Der Ausdruck Friedhof war eigentlich genauso verharmlosend, aber darüber hatte ich noch nie zuvor nachgedacht. Wenn ich mir jetzt so einen friedlichen Hof vorstellte, kam mir unser Garten in den Sinn, allerdings nicht so, wie er jetzt war. In meiner Vorstellung war er von all dem Unrat befreit und meine Tauben flogen umher und setzten sich auf meine Schultern. Doch dieses Gedankenbild platzte wie eine Seifenblase, als unbeabsichtigt unser Haus mit hineinrückte.

Die Kumpels hatten panische Angst vor dem Friedhof. Bei manchen von ihnen schien er mir eigenartigerweise sogar das einzige zu sein, wovor sie überhaupt Angst hatten. Sie kamen nur tagsüber in die Nähe, um nach Gruftis oder Emos zu suchen, die sie verprügeln konnten. Die saßen dort in einer Grabkammer und tranken Rotwein, manchmal auch Blut von Hühnern und schwarzen Katzen, sagten die Kumpels. Ich verabscheute Rotwein, ich weiß nicht mehr, ob wegen dieser Grufti-Geschichten oder weil ich mich einmal hatte davon übergeben müssen. Vor Blut hatte ich keine Angst, aber dass ausgerechnet die Gruftis das tranken, konnte ich mir beim besten Willen nicht vorstellen. Manchmal sah ich diese blassen, verwcichlichtcn Gestalten mit ihren Rüschenhemden in der S-Bahn sitzen. Sie machten nicht den Eindruck, als könnten sie irgendjemandem oder auch nur irgendetwas den Hals aufschlitzen, so wie ich es gelernt hatte.

Nach einigem Suchen fand ich die Gruft in der Nähe der großen geneigten Ziegelsteinmauer an der Südseite. Die Erde war an einer Stelle aufgewühlt und darunter offenbarten sich große Steinplatten, von denen einer die Ecke abgeschlagen worden war. Durch das Loch konnte man einen Hohlraum erahnen. Ich hielt meinen Kopf in die Nähe und sog die Luft ein, die dort herausströmte. Sie war feucht und abgestanden. Ich steckte meinen Arm mit einem angezündeten Feuerzeug hinein, der Widerschein

war matt, reichte aber aus, um die Aus-
maße des Raumes abzuschätzen. Er
musste ungefähr zwei mal zwei Meter
groß und vielleicht einen Meter fünfzig
hoch sein. Es schien sich nichts darin zu
befinden, deshalb ließ ich mich durch die
Öffnung in der Steinplatte hineingleiten.
Wieder zündete ich das Feuerzeug an,
der Raum war tatsächlich bis auf einigen
herumliegenden Müll und eine Menge
Zigarettenkippen auf dem Boden völlig
leer. Die Wände waren mit Sprühdosen
bemalt. Man erkannte einen in schwarzer Farbe gesprühten sechseckigen Stern
mit durchgezogenen Linien, der mit roter
Farbe übersprüht worden war. Daneben
gab es Hakenkreuze in demselben Rot.
Einer der Kumpels hatte seine Mutprobe
bestanden.

Ich versuchte mir vorzustellen, wie
die Gruftis hier ihre teuflischen Rituale

abhielten und es kam mir, jetzt da ich hier saß, noch unwirklicher vor. Die Kumpels sagten, die schwarzen Grabschänder hätten in der Nacht alles, was sich in dieser Gruft befunden hatte, weggeschleppt, schliefen jetzt zuhause in den erbeuteten Särgen und holten sich an den Totenschädeln einen runter. Ich hatte keine Ahnung, wie jemand Särge durch das Loch bekommen haben sollte, durch das ich gerade gestiegen war. Genauso wenig konnte ich jetzt mehr nachvollziehen, was ich an diesen Geschichten immer so faszinierend gefunden hatte.

Es war kalt hier unten, aber die Kälte machte mir nichts aus. In meinem Zimmer war es im Winter schon wesentlich kälter geworden. Es befand sich kein Ofen darin. Früher musste es einmal eine Abstellkammer gewesen sein. Aber ich war immer zufrieden damit. Es lag weit ab vom Wohnzimmer und niemand konnte darin eindringen, weil mein Bett fast den ganzen Raum in Beschlag nahm. Auch jetzt fühlte ich mich nicht unwohl. Ich mochte die Enge. Viel mehr als Keller und Kammern ängstigten mich Kirchen und Hallen mit ihren hohen Räumen.

Ich legte mich hin und schloss die Augen. Der heutige Tag zog noch einmal an mir vorbei, ganz so wie sie immer sagten, dass beim Sterben das ganze Leben noch einmal im Zeitraffer vor einem ablief. Es war perfekt, wenn ich je daran geglaubt hätte, würde ich sagen, es war so etwas wie Schicksal. Mein altes Leben endete mit dem Einschlafen; mit dem Herauskriechen aus dieser Gruft musste ein neues beginnen.

Aber bereits als ich nach langem tiefem Schlaf vorsichtig meinen Kopf aus dem Loch steckte, merkte ich, dass diese Neugeburt doch nicht so perfekt war, wie ich gedacht hatte. Ich entleerte meinen Körper so gründlich wie möglich und in wirklich jeder Hinsicht, aber noch etwas anderes aus dem Vergangenen war unerfüllt geblieben und drängte nach Beachtung. Es ließ sich nicht umgehen. Da ich noch Zeit hatte, sagte ich mir, dass es wohl so sein müsse, auch wenn es sich nicht erfüllen würde, so spürte ich doch, dass ich es abschließen und aus dem neuen Leben verbannen konnte. Als ich das Reich der Toten verließ, war es bereits Tag. Glücklicherweise hatte sich niemand in diese abgeschiedene Ecke des Friedhofs verirrt und ich konnte den Ort unbeobachtet verlassen. Ich legte die Strecke automatisch zurück, ohne mir Gedanken über den Weg machen zu müssen, als hätte mein Gehirn bereits im Schlaf einen Routenplan erstellt, den es jetzt abspulte.

Plötzlich lief ich die Warschauer Straße entlang. Auf der anderen Straßenseite gegenüber von Dannys Wohnung stand ein Streifenwagen, dort wo für normale Autos Halteverbot herrschte. Ich drehte unwillkürlich um, obwohl es nur noch ein paar Meter bis zum Eingang von Dannys Hausflur waren. Ich bog zweimal in die gleiche Richtung ein und kam an das Haus, auf das man von Dannys Hoffenster aus sah. Die Haustür war verschlossen, aber es gab eine Arztpraxis, bei der ich klingelte, weil man mir sicher öffnen würde, ohne über die Gegensprechanlage lästige Fragen zu stellen. Im gleichen Moment, in dem ich den Klingelknopf drückte ertönte auch schon das Summen des Türöffners, so dass ich die schwere, mehr als drei Meter hohe Holztür aufstoßen konnte.

Eine etwas kleinere Tür führte in den betonierten Hinterhof, auf dem nur die Mülltonnen, etliche Fahrräder und ein altes Regal standen. Zu allen vier Seiten gab es traurige graue Mauern, die aussahen, als würden sie sich mit ihren dunklen Fensterhöhlen gegenseitig wie aus toten Augen anstarren. An der Tür angekommen atmete ich tief durch. Ich hatte verschiedene Sätze im Kopf. Sie solle mich begleiten, auch Gründe gab es dafür, aber das kam mir jetzt alles so vor, als hätte ich es aus schlechten Filmen wahllos zusammengesetzt, was Danny natürlich sofort merken musste. Auch war ich mir gar nicht sicher, ob ich das wirklich wollte.

Ich dachte an das neue Leben, konzentrierte meine Entschlossenheit auf die Bewegung meiner Hand und brachte sie damit dazu, an der Tür zu klopfen. Es rührte sich nichts. Ich presste mein Ohr gegen die vergilbte Farbe und versuchte, irgendeinen Laut aufzunehmen. Nichts. Ich klopfte und horchte noch einmal. Wieder keine Reaktion. Es schien niemand da zu sein. Die Tür war fest zugezogen, Danny musste mit ihrem Hund Hexe unterwegs sein, denn wenn sie ihn zuhause ließ, lehnte sie die Tür nur so weit an, dass man sie ohne Werkzeug aufdrücken konnte, denn den Schlüssel hatte sie vor langer Zeit verloren. In der Wohnung gab es nicht viel zu klauen und wenn Hexe da war, traute sich sicher niemand hinein, denn die knurrte jeden Fremden so eindringlich an, dass er sich davonschlich ohne Aufmerksamkeit zu erregen. Hier auf dem Flur konnte ich nicht warten, ich nahm den Schraubenzieher aus meiner Jacke und öffnete die Tür, um mich solange auf Dannys Matratze zu setzen. Stühle hatte sie nicht, eigentlich gar keine Möbel.

Als ich das Zimmer betrat, erschrak ich. Hexe saß zusammengekauert neben der Matratze, auf der Danny ebenso reglos herumlag, während sie in ihrem rechten Fuß eine blutige Spritze zu stecken hatte. Die Adern an beiden Beinen waren hart und verstopft und alles begann schwarz zu werden, so wie bei Papa. Sie sah mich mit weit geöffneten Augen wie flehend an, aber wonach? Was hatte sie da nur wieder getan! In welche Lage brachte sie mich! Ich zog ihr die Spritze aus der Vene und warf sie zur Seite. Ich konnte es nicht ertragen, diese kalte Nadel in ihrem Köper stecken zu sehen. Ich legte ihr ihre kratzige stinkende Decke über die Beine. Der herzerweichende Ausdruck ihres kindlichen Gesichts ließ meine Wut schnell verfliegen. Ich setzte mich neben sie und strich ihr über die Haare. Liebevoll rollte ich sie um meinen Finger und ließ sie zurückfedern, um sie dann wieder glattzuliebkosen. Ai, ai, ai flüsterte ich wie ein Idiot in Trance.

Milder gestimmt sagte ich mir, dass es eben so sein müsse, ich wusste jetzt, was ich für sie tun musste und drückte ihr sanft das braun-gelb ver- fleckte Kissen ins Gesicht. Dann nahm ich ihren Kopf in meine Arme und press- te ihn mit dem Kissen dazwischen so lange an meine Brust, bis das letzte Zu- cken ihrer Muskeln verschwand. Es wa- ren keine widerständigen Kontraktionen, vielmehr ein wohliger Schauer, der durch ihren Körper strömte und mir bestätigte, dass es genau so, wie es geschah, auch richtig war. Hexe schaute nicht auf, sie wusste wohl, was passierte, und auch sie spürte, dass es nicht anders sein konnte. Ich nahm das Kissen nicht von Dannys Gesicht, ich konnte sie ohnehin nicht in Erinnerung behalten. Nur einmal noch stellte ich sie mir vor, wie sie ebenso lächelte, wie es der Typ im weißen T-Shirt getan hatte, dann verschwand ihr Bild aus meinem Gedächtnis.

Ich wurde erst schlagartig wieder klar, als ich schon den Weg an den Schienen entlang in Richtung Friedhof ging. Immer die gleichen alten Frauen liefen hier mit ihren Gießkannen hin und her und tränkten die Erde mit Wasser, vielleicht damit die Überreste ihrer Männer dort unten schneller verrotteten. Wieder hockte ich mich in das Gebüsch am hinteren Ende unseres Grundstücks. Wieder war nichts zu sehen. Justin musste in der Schule sein, Mutter schlief entweder oder sie arbeitete, je nachdem welche Schicht sie gerade hatte. Ihr Leben bestand aus nichts anderem.

Wieder geschah nichts. Ob Trung wie verabredet erscheinen würde, oder ob er sich von meiner Tat abschrecken hatte abschrecken lassen? Als ich diesen Gedanken zu Ende gedacht hatte, griff mir wieder eine starke Hand auf die Schulter. Diesmal erschrak ich nicht, ich wusste gleich, dass es die von Trung war. Er lächelte heute nicht, sah mich aber auch nicht böse an, eher hatte sein Gesicht einen sorgenvollen Ausdruck, den ich nicht von ihm kannte. Er zog mich herüber zum Schuppen und bot mir eine Zigarette an. Als ich sie mir genommen hatte, bedeutete er mir, ich solle die Schachtel einstecken, was ich gerne tat. Er fragte mich nach einem Pass. Ich stutzte und er sagte etwas von einem Ausweis. Als ich ihm meinen zeigte, schüttelte er den Kopf und zeigte mir ein kleines Büchlein, in dem ein Foto von ihm klebte. Jetzt verstand ich, aber so einen Pass hatte ich nie besessen und auch nie gesehen, nur in der Glotze, aber das da Gesehene hatte seine Bedeutung für mich vor einiger Zeit verloren.

Trung nickte, als sei er auf meine Unwissenheit vorbereitet gewesen, was mich etwas kränkte, aber er war der einzige, der jetzt zu mir hielt, und das ohne Fragen zu stellen. Ich rechnete ihm das hoch an und konnte ihm deshalb nicht böse sein. Er brachte mich zu einem Passbildautomaten in der Nähe der S-Bahn, wo wir ein Foto machten, das die Maschine nach einiger Zeit in vierfacher Ausführung ausspuckte. Ich ahnte schon, dass das kein Erinnerungsfoto werden würde, denn Trung lehnte sich nur zu mir in die enge Kabine, um einige

Köpfe zu drücken. Als der Blitz aufzuckte, stand er draußen und wartete, bis die Bilder von mir herausfielen. Ich erkannte mich darauf zuerst kaum wieder, irgendwie sah ich verändert aus, als sei ich plötzlich erwachsen geworden.

Wir gingen zurück zum Schuppen. Trung verschwand und ließ mich warten. Endlose zwei Stunden wartete ich da. Ich überlegte mir, was ich tun würde, wenn Papa hereinkäme, um Zigaretten zu holen. Würde dieser Moment jetzt kommen, in dem ich mich auch von ihm für immer befreite? Musste ich das überhaupt noch tun, hatte ich nicht schon mit ihm abgeschlossen? Ich horchte in mich hinein, erhielt aber keine eindeutige Antwort. Ich hockte an der Tür und sah die ganze Zeit durch den Spalt, von dem aus man unser Haus sehen konnte. Es passierte nichts. Endlich kam Trung zurück.

Er hatte ein kleines Büchlein in der Hand, in dem mein Foto eingeheftet war. Es sah anders aus als seins. Er erklärte mir, dass es ein polnischer Pass wäre, mein Name sei jetzt Stanislaw Schlogowski, geboren am 09.11.1999 in Opole. Ich war also endlich volljährig geworden und konnte tun und lassen, was ich wollte. Ich dachte an Polen, dort war ich nie gewesen, aber Papa fuhr immer mit Justin auf dem Motorrad dorthin, um zu tanken und Wurst, Käse und Zigaretten zu kaufen. Trung merkte das anscheinend, denn er erklärte mir sofort, dass ich auf keinen Fall dorthin fahren dürfe, zwar sei der Pass an sich echt, aber die Polen könnten natürlich an ihrem Melderegister feststellen, dass sie ihn nicht selbst ausgestellt hatten, sondern dass er bereits als Rohprodukt auf unerklärliche Weise aus der Druckerei verschwunden war. Das klang logisch, außerdem konnte ich natürlich kein Polnisch und würde mich dort sofort verraten.

Musste ich jetzt um Polen herum nach Brasilien fahren? Ich versuchte mir wieder die Linien und Flecken des alten Atlanten in Erinnerung zu rufen, wieder gelang es mir nicht. Trung spürte meine Unsicherheit und meinte, ich müsse genau in die andere Richtung fahren in ein Land, das so ähnlich klang wie Polen, und von dort aus ein Schiff nehmen. Ich brauchte unbedingt eine Weltkarte, denn die Welt war jetzt mein Operationsgebiet und darin kam man sicher nicht so leicht und ohne Hilfsmittel zurecht wie in Berlin Kaulsdorf. Trung forderte mich auf, mir die Daten aus meinem neuen Pass einzuprägen und sie noch einmal aufzusagen. Ohne nachsehen zu müssen, konnte ich ihm alles wiedergeben;

der neue Name, Geburtsort und Datum gingen mir so leicht von der Zunge, dass ich selbst ein wenig erschrak.

An dieser Stelle fällt mir auf, dass ich mich noch gar nicht vorgestellt habe. Eigentlich ist es auch nicht mehr nötig, da ich jetzt jemand anderes bin, aber ich will es der Vollständigkeit halber trotzdem tun. Aus irgendeinem Grund fällt mir das schwer, vielleicht habe ich es deshalb solange hinausgeschoben und vielleicht habe ich es auch deshalb noch nie zuvor bei irgendjemandem getan. Es könnte aber auch daran liegen, dass es stets andere für mich übernommen haben, den Fremden meinen Namen zu verraten. Vielleicht fällt es mir auch deshalb jetzt so schwer. Ich habe keine Ahnung.

Jedenfalls kann ich mich noch genau daran erinnern, wie ich das erste Mal vor der neuen Klasse stand, nachdem wir aus Neuruppin hierhergezogen waren.

„Das ist Euer neuer Klassenkamerad Felix Kowalke", hatte die Lehrerin gesagt und ich zuckte unwillkürlich zusammen, als ich diesen Namen hörte, weil er jedes Mal von neuem fremd für mich klang. Ich weiß nicht, ob die anderen wegen dieses Zuckens begannen zu lachen, oder weil sie den Namen an sich so lustig fanden. Nun kennt ihn also auch der Leser dieser Zeilen und wieder einmal hat ihn jemand anderes für mich ausgesprochen.

In der Schule nennen sie mich meist Quecke. Jedes Mal, wenn unser Gartenbaulehrer von dieser Pflanze faselt, schrecke ich zusammen. Und er redet oft davon. Das heißt eigentlich nuschelt er nur, er redet genauso schlecht wie ich, meist liest er nur aus seinen vorgefertigten Materialien vor. Aber wenn er auf die Quecken zu sprechen kommt, dann erhebt sich plötzlich seine Stimme, und funkelnder Hass leuchtet aus seinen kleinen und ansonsten geradezu toten Augen. Dann doziert er über die Hinterhältigkeit dieser Pflanze, die sich unterirdisch über ihre Wurzeln verbreitet, unsichtbar wie die Pest, und dass sogar kleine Teile von ihr im Kompost überlebten und nach dem Ausbringen auf die Beete wieder zu keimen begannen, wenn wir das Material mal wieder nicht ordentlich durchgesiebt hatten. Tatsächlich stellten wir das rechteckige Sieb schnell beiseite, wenn der Lehrer außer Sichtweite geriet und ersparten uns die staubige Arbeit, indem wir die aus Abfall entstandene Erde direkt auf dem Boden verteilten.

Ich hasste den Lehrer für seine Manie, die mir den verhassten Namen eingebracht hatte, der so ähnlich wie mein eigener klang. Jedes Mal, wenn er es aussprach, hasste ich sie mehr, ihn und seine Quecken. Er hatte Glück, dass mein Bruder nicht auf dieser Schule war und sich ständig bei ihm auf den Schoß setzen musste, wie ich es noch bis vor ein paar Jahren musste. Er machte das immer mit den jüngeren Schülern, rieb sich an ihnen und küsste sie von hinten auf den Hals.

Genauso wie den verunstalteten Nachnamen hasste ich meinen Vornamen. Wenn der zuhause ausgerufen wurde – und meist geschah das in einer Art und Weise, die nichts Gutes verhieß – sorgte er bei mir nicht nur wegen des Tonfalls für Verunsicherung. Denn ich konnte mir nie sicher sein, ob ich selbst gemeint war, oder unser schwarzer Kater, der ebenfalls Felix hieß. Er war schon der zweite Kater dieses Namens, Felix der Erste war bereits tot. Wenn man so wollte, war ich Felix der Zweite und stand zuerst in konkurrierender Thronfolge neben Felix dem Ersten und nun neben Felix dem Dritten, zunächst ohne mitbekommen zu haben, dass unter ihnen ein Wechsel stattgefunden hatte, denn vom Tod Felix des Ersten erfuhr ich erst viel später. Mutti hatte wohl eine Schwäche für diesen Namen.

Ich stellte mir vor, wie ein paar Gruftis dort unten, wo ich die letzte Nacht verbracht hatte, versuchten Felix dem Dritten die Kehle durchzuschneiden, um sein Blut zu trinken, das ihnen aber auf ihre weiße Haut und die ebenso weißen Rüschen spritzte, woraufhin sie erschrocken den Griff lockerten und der angestochene Kater ihnen die geschminkten Gesichter zerkratzte. Diese aberwitzige Vorstellung in meinem Kopf brachte mich unweigerlich zum Lächeln. Ich sah zu Trung hinüber, der zurücklächelte und verlegen an seiner Zigarette saugte.

Trung gab mir einen offenen Umschlag, in dem sich dreihundert Euro befanden. Ich bedankte mich und versuchte dabei die tatsächlich überwältigende Dankbarkeit, die ich in diesem Moment empfand, in meine Stimme zu legen. Die aber versagte mir wie so oft den Dienst und überschlug sich krächzend, so dass ich sie streng disziplinieren musste und der Dank sicher mechanisch aufgesagt und schäbig wirkte. Trotzdem lächelte mich Trung milde an, er war wohl der Einzige, der mich richtig verstand. Im Aufstehen drückte er mich fest an sich und verschwand ohne Worte.

Ich rauchte meine Zigarette zu Ende und schnippte sie in eine Ecke. Rhythmisch glühte die Kippe auf, so wie der Wind durch die Ritze unter der Bretterwand fuhr. Ich wartete darauf, dass sich das hereingewachsene und inzwischen vertrocknete Unkraut entzündete. Es passierte nichts. Ich half etwas mit dem Feuerzeug nach und im Rhythmus des Windes wanderten die Flammen von Zweiglein zu Zweiglein. Ich legte meinen alten Plastikausweis darauf, er krümmte sich wie unter Schmerzen, bevor er hell aufflammte, sich zu einem kleinen blasenschlagenden Kügelchen zusammenzog und endgültig verglühte. Ein alter Ölfleck flackerte blau pulsierend auf, bald griff das Feuer auf einen Haufen grauer Sägespäne über, die beim Entflammen orangene Funken in die Luft sprühten. Ich hatte es nicht geplant, dass die Flammen sich so ausbreiteten, aber ich konnte auch nicht sagen, dass ich mir deswegen Sorgen machte. Ein paar Mal hatte ich zwar den Impuls, das Feuer auszutreten oder hier zu verschwinden, aber eine Starre der Faszination hielt mich fest. Erst als der Rauch so dicht wurde, dass ich nicht mehr atmen konnte, stieß ich die Tür auf und rettete mich in das Gebüsch. Ich fühlte, wie die frische Luft mir entgegenströmte, jungfräulich und kühl, gierig darauf, sich mit ihrem heißen Gegenpol im Schuppen zu verbinden.

Als ich zurücksah, schlugen die Flammen bereits aus dem mit Teer bestrichenen Dach und breiteten sich auf das tote Gestrüpp aus, das überall im Umkreis herumlag. Immer noch hielt mich die Faszination des Feuers gefangen. Es waren weniger die Flammen, die waren von meiner Position aus kaum zu sehen, sondern vielmehr das Rauschen der Luft, die vom Feuer angesogen wurde, das sich gierig im Raum ausbreitete und unausweichlich erschien. Nur von einigen Verpuffungen wurde es unterbrochen, bis ein leichtes Krachen und ein darauffolgender Knall die Luft zum Zittern brachten. Dann war das Rauschen wieder da, um ein Vielfaches verstärkt. Es begleitete die brennenden Gase, die sich aus dem Inneren des Schuppens in dessen Fallrichtung wie ein Feuerball über den herumliegenden Müll wälzten, meinen Taubenverschlag hinwegfegten und die Scheiben des Hauses zum Bersten brachten. Ich sah noch, wie die alten gelben Gardinen Feuer fingen, bevor sich die Flammen über dem Müllhaufen so weit erhoben, dass sie mir den Blick zum Haus versperrten.

Von Ferne erklang das schrille Signal einer Feuerwehr, es war höchste Zeit für mich, diesen Ort zu verlassen, aber es fiel mir schwer, mich vom Anblick der reinigenden Flammen zu lösen. Schließlich gelang es mir doch, mich loszureißen. Ich pfiff beim Gehen irgendeine Melodie, die ich im Kopf hatte, vor mich hin, was mir selbst erst auffiel, als ich von den alten Frauen auf dem Friedhof mit bösen Blicken förmlich durchlöchert wurde. Ich sah ihnen an, dass die Empörung, die aus ihren Augen sprach, nicht von missachteter Trauer erzeugt wurde, sondern von der Erregung darüber, dass ich das tat, was sie sich selbst verwehren mussten, um den Schein zu wahren. Ich blickte zurück und sah eine hohe, schrägstehende Rauchsäule, die so schwarz war, als hätten die Flammen allen Dreck aus dem Ort zu ihrem Fuße herausgelöst, um ihn nun vom unerbitt lichen Rauschen hinwegtragen zu lassen.

Ich fuhr wieder mit der S-Bahn in Richtung Spandau und stieg in der War- schauer Straße aus. Ich weiß nicht, was mich dazu antrieb, aber ich musste dorthin, wahrscheinlich um einfach noch einmal ohne Ziel dort entlanggelaufen zu sein und diese Straße dann als eine Straße wie jede andere in Erinnerung behalten und irgendwann genauso ver- gessen zu können. Leider gelang das nicht, denn diesmal standen Polizei- und Rettungswagen am Haus von Danny und verdarben damit das Bild von Normalität, das ich mir innerlich gewünscht hatte. Ich drehte um und ging über die War- schauer Brücke. Von dort konnte man zum Ostbahnhof hinübersehen. Die alte

Industriebrache dazwischen war einer gigantischen Baustelle gewichen, an der ein riesiges Schild von einem Mobilfunkanbieter hing.

Ich musste an mein Handy denken und daran, dass ich gehört hatte, man könnte jemanden orten, wenn man seine Mobilnummer kannte. Sicher arbeiteten die Bullen bereits daran, das mit meinem Handy zu tun. Zwar war es ausgeschaltet, aber man wusste ja nie, was die Technik so alles möglich machte. Ich nahm die SIM-Karte heraus und warf sie mit dem Handy zusammen von der Brücke. Wieder spürte ich eine Bürde von mir abfallen und beobachtete freudig, wie das Gehäuse des Telefons auf dem Schotterbett in tausend Teile zersprang. Anders als die Kumpels, die den ganzen Tag mit ihren Handys herumspielten, hatte ich dieses Ding immer gehasst. Der

einzige, der mich darauf anrief war nämlich Papa, der kontrollieren wollte was
ich gerade machte, und da es sein ural-
tes abgelegtes Tastenhandy war, konnte
man das Spielen darauf vergessen.

Ich kam an die Oberbaumbrücke.
Dort ging es weiter nach Kreuzberg, wie
mir die gelben Hinweisschilder anzeigten.
Ich fühlte mich angezogen und nahm mir
vor, einfach hinüberzugehen. Was konnte mir schon passieren? Aber je näher
ich an die Kreuzung vor der Brücke kam,
desto zögerlicher wurde ich. Schließlich
bog ich rechts ab und ging auf der anderen Straßenseite parallel zur ehemaligen
DDR-Mauer entlang. Die war jetzt in ihren einzelnen Segmenten kindlich farbig
angemalt, sodass es aussah, als hätte
man die einzelnen Blätter des Schulzei-
chenblocks meines Bruders vergrößert
und aneinandergereiht. Von dem un-

menschlichen Monsterbauwerk, wie es unsere Lehrer immer geschildert hatten, sah man jedenfalls nichts. Immer wieder war dieses Thema in der Schule aufgetaucht: Tag des Mauerbaus, Tag der Maueröffnung, wir konnten es schon nicht mehr hören; wenn ich mir dieses bunte Etwas hier jetzt anschaute, wohl zu Recht.

Nach rechts bog eine offensichtlich neu angelegte Straße in das Baugelände ein, das ich von der Warschauer Brücke aus gesehen hatte.

Eigentlich beachtete ich Straßenschilder grundsätzlich nicht. Selbst bei uns in der Gegend kannte ich außer der Straße, in der ich wohnte, keinen einzigen Straßennamen. Wenn mich jemand nach dem Weg zu einer bestimmten Straße fragte, beschied ich ihn stets mit der gleichen Antwort: „Bin auch nicht von hier." Früher wurde ich nervös und begann zu stottern, wenn mich ein Unbekannter ansprach. Jetzt hatte ich mir diesen Satz zurechtgelegt und er funktionierte gut. Selbst als mich letztens jemand Fremdes nach einer Zigarette fragte, schoss der Satz aus mir heraus, und bevor der Verdutzte Andere etwas erwidern konnte, war ich schon außer Hörweite. Falls er überhaupt etwas sagte. Ich weiß es nicht und will es auch nicht wissen.

An dieser neuen Straße zog ein Zusatzschild unter dem Straßennamen meine Aufmerksamkeit auf sich. Auf dem eigentlichen Straßenschild las ich „Tamara-Danz-Straße". Woher kannte ich nur diesen Namen? Plötzlich fiel mir ein, dass Mutti ihn einige Male erwähnt hatte. Wenn ich mich richtig erinnerte, hatten ihre Augen dabei immer etwas

Glanz bekommen. Das war selten, normalerweise strahlte ihr die innere Mattigkeit bereits aus dem Blick heraus. Auf dem Zusatzschild in der gleichen länglichen Form stand „Rocksängerin". Ja, das konnte es sein, Mutti hörte sich solch altmodisches Zeug an. Aber bei der zweiten und dritten Zeile stutzte ich wieder: „Bemühte sich um eine Reform der DDR, starb an Krebs" las ich. Wie erbärmlich das klang! Als hätte man das Schild aus Mitleid mit einem Versager aufgestellt. Nein, so ein Opfer konnte nicht diesen Glanz auf Muttis Augen gezaubert haben. Ich fühlte Abscheu und Wut. Wäre es Nacht gewesen, hätte ich mir einen Pflasterstein gesucht, dieses Schild aus dem Rahmen geschlagen und es in der Spree versenkt. Stattdessen lief ich aufgewühlt weiter diese neue Straße hinunter, in der sich sonst kein Mensch bewegte, nicht einmal im Auto.

Ringsherum Baustellen, ich fühlte mich ungeschützt in dieser Einöde. Noch vor ein paar Tagen hatten mich Plätze wie dieser angezogen, jetzt suchte ich komischerweise die Gegenwart möglichst vieler Menschen, die zuvor nur Beklemmungen bei mir auslöste. Ich ging zurück und durchquerte die Warschauer Straße bis zum anderen Ende. Diesmal achtete ich nicht einmal auf das Haus von Danny. Es war tatsächlich vorbei. Jetzt konnte und musste ich wirklich gehen. Ich stieg hinunter in die U-Bahn. Der Zug, der gerade einfuhr, ging zum Alexanderplatz. Dort konnte ich das, was ich vorhatte, nicht tun. Die Bahn der Gegenrichtung brachte mich nach Hönow. Es sah aus wie dort, wo ich den Schraubenzieher herhatte. Ihn würde ich jetzt benutzen. Ich musste lange suchen, bis ich ein passendes Auto gefunden hatte. Es war ein Golf der ersten oder zweiten Generation, das Lieblingsauto der Kumpels, weil es so einfach zu knacken war. Man fand sie nicht mehr oft, aber hier stand eine von diesen kantigen Kisten.

Vor ein paar Wochen sah ich in der Auslage eines Antiquariats ein Buch mit dem Titel „Generation Golf" liegen. Aufgeregt ging ich in den Laden, schlich dort eine Weile herum und überwand mich schließlich, den Verkäufer zu fragen, ob ich mir dieses Buch mal ansehen könne. In der Hoffnung, irgendetwas von mir darin wiederzufinden, las ich mich mühsam hinein, blätterte und suchte. Aber alles, was da stand, war mir genauso fremd wie die Texte, die wir in der Schule lesen mussten. Auch das Lesen gehört nicht zu meinen Stärken. Es ist am ehesten verwandt mit meinem ewigen Widersacher, dem Reden. In der Schule vor der Klasse etwas vorlesen zu müssen, ist für mich die härteste aller Strafen. Beim Reagieren auf eine Frage der Lehrerin kann ich immer noch sagen, dass ich keine Ahnung habe und deshalb nichts antworten könne. Aber beim Lesen geht das nicht. Die Worte sind schon da und warten darauf, in irgendeiner Form herausgelassen zu werden. Genauso fremd, wie mir die Texte, die ich da lesen muss, sind, so fremd wird mir auch die eigene Betonung, die ich beim Vorlesen durch meinen Mund herausquellen höre. Ein schräger Gesang ohne Takt, über den sich die ganze Klasse kaputtlacht. Inzwischen schreibe ich schneller, als ich etwas Fremdes vorlesen könnte. Wie sollte es anders sein.

Der Golf stand an der perfekten Stelle, hinter einer Biegung in einem Winkel, der zu den Häusern hin durch hohe Hecken vor Blicken geschützt war. Als hätte ich es schon tausendmal gemacht, brach ich Tür- und Lenkradschloss auf, riss den Kabelbaum heraus und fand auf Anhieb die beiden Drähte, die den Anlassermotor zum Rasseln brachten. Er setzte den Motor in Schwung, und da ich vergessen hatte, die Kupplung durchzutreten, und ein Gang eingelegt war, ruckelte das ganze Auto heftig. Schnell trat ich wie zufällig auf das linke Pedal und ließ anschließend mit dem rechten den Motor aufheulen. Ich war schon ein paarmal mit den Kumpels gefahren, aber mir fehlte wohl etwas die Routine, denn als ich langsam die Kupplung losließ, drohte der Motor in einem kläglichen Blubbern seinen Dienst zu versagen, weshalb ich gleichzeitig kräftig aufs Gas trat und der Wagen einen Schuss nach vorne machte. Ich war so damit beschäftigt, das Auto wieder vom Bürgersteig herunterzulenken, dass ich unwillkürlich auf dem Gaspedal stehen blieb und mit unter maximaler Drehzahl kreischendem Motor die Straße hinunterschlingerte.

Erst nachdem ich auf die Hauptstraße eingebogen war, gelang es mir, mich so weit zu ordnen, dass ich in den zweiten Gang schalten konnte. Ich musste mich so sehr auf das Fahren konzentrieren, dass ich nicht mitbekam, ob jemand den Diebstahl bemerkt hatte und auf die Straße gelaufen war. Es war mir in diesem Moment auch egal. Ich fuhr an den ehemals grauen, jetzt mit bunten Platten beklebten Neubaugebieten vorbei und kam auf eine Landstraße.

Langsam senkte sich mein Puls, jetzt wo ich nur noch lenken musste und von der Bedienung der Pedale und des Schalthebels weitgehend befreit war. Das befreiende Gefühl meiner Generation Golf war jetzt wohl endgültig verloren. Ich hatte es nie so stark spüren können wie die Kumpels, die einfach den Kopf in den Wind hielten und darauf schissen, was morgen war. Bei mir fuhr immer die Angst mit erwischt zu werden, außer wenn ich betrunken war. Also betrank ich mich immer, wenn wir unsere Ausflüge machten. Aber auch das würde mir jetzt nicht helfen, das Gefühl der Freiheit zu reanimieren. Es war eine existenzielle Notwendigkeit, dass ich hier fuhr, daran ließ sich nichts umdeuten.

Ich fuhr einfach immer weiter, ohne die geringste Ahnung, ob ich in der richtigen Richtung unterwegs war. Nur einmal fiel mir die Tankanzeige ein, und während ich sie hinter dem Lenkrad suchte, fuhr ich fast in den Straßengraben. Aber als ich feststellte, dass die Na-

del schräg nach oben zeigte, fuhr ich be-
ruhigt weiter. Ich fühlte mich unangreif-
bar. Mit keiner Faser meines Körpers
dachte ich in diesem Moment an eine
Polizeikontrolle. Vielleicht war der Wagen
bereits als gestohlen gemeldet, auch daran verschwendete ich keinen Gedanken.
Erst später wurde mir klar, dass das die
wirkliche Freiheit bedeutete: Gedanken-
leere. Aber die ließ sich nicht lange halten. Die Gedanken kamen wieder, unwillkürlich und nicht mehr abzuschalten.

Als die Nadel später begann, in
den rot markierten Bereich zu rutschen,
war es bereits Abend. Ich fuhr an eine
Tankstelle und hatte keine Ahnung, welche der Zapfpistolen ich aus der Halte-
rung nehmen sollte. Ich roch an der
Tanköffnung. Tief sog ich die ausströ-
menden Gase in meine Lunge. Als ich
ausgeatmet hatte, spürte ich ein tiefes

Ziehen in meiner Lunge, was das dringende Bedürfnis in mir auslöste, mir eine Zigarette anzustecken. Das würde wohl etwas warten müssen, ich durfte hier kein Aufsehen erregen. Die Tanköffnung roch wie erwartet nach flüchtigem, leichtem Benzin, nicht nach Dieselöl, dessen Geruch sich schwerfällig auf Gaumen und Zunge legte. Ich nahm also den Schlauch unter der Aufschrift „Super Plus" aus der Zapfsäule, da ich annahm, damit am wenigsten falsch machen zu können. Im Regal in der Tanke fand ich ein rotes Buch mit Straßenkarten, legte es auf den Tresen und war zunächst schockiert über die Rechnung, die fast ein Drittel meiner Geldreserven auffraß. Aber die Besorgnis verschwand schnell wieder aus meinem Kopf und der Drang zu rauchen setzte sich durch.

Ich fuhr an die Auffahrt zur Straße und hielt dort, um mir eine Kippe anzustecken. Die Schachtel von Trung war noch fast voll. Ich rauchte so gierig, dass es mir nicht gelang, dabei ans Losfahren zu denken. Bevor ich mir die zweite ansteckte, legte ich den ersten Gang ein und bereitete mich auf das Fahren vor. Aber auch jetzt hielt das Rauchen mich von allem anderen ab. Ich nahm tiefe Züge, die ich lange bis in die letzten Winkel meiner Lunge sog und dort einwirken ließ. Wieder steckte ich mir eine neue Zigarette an und nahm mir dabei fest vor loszufahren. Diesmal gelang es mir, und als ich wieder die volle Geschwindigkeit erreicht hatte, war die Zigarette fast aufgeraucht. Ich zündete mir nun beim Fahren eine nach der anderen an, bis die Schachtel leer war. In diesem Moment machte sich Erstaunen in mir breit, denn es war mir gar nicht so vorgekommen, als hätte ich ohne Pause den Rauch von fast zwanzig Zigaretten in meine Lungen gesaugt. Dort breitete sich jetzt ein wohliges Kratzen aus, eine Rauheit, die mich angenehm spüren ließ, dass ich lebte.

Es war ein gutes Gefühl, aber mit ihm kam auch die Besorgnis wieder. Was würde ich machen, wenn ich in eine Polizeikontrolle geriet? Durchzubrechen wie im Film war sicher aussichtslos. Umzukehren und in die andere Richtung zu flüchten machte genauso wenig Sinn, denn wenn ich die Bullen bemerkte, hatten sie mich auch schon längst gesehen und würden mir folgen. Am besten war es wohl anzuhalten, das Auto einfach stehen zu lassen und sich in den Wald zu schlagen. Ja, das war es, diese dickbäuchigen Straßenbullen waren sicher zu bequem, ohne Fahrzeug eine Verfolgung aufzunehmen. Ehe sie mitbekamen, dass das Auto gestohlen war, war ich längst über alle Berge.

So malte ich mir meine weitere Flucht aus, aber es sollte anders kommen. Mir begegnete nämlich kein einziger Uniformierter. Ich versuchte mich in dem roten Atlas zu orientieren und stellte anhand der Straßenschilder fest, dass ich instinktiv die richtige Richtung eingeschlagen hatte.

Als es wieder Tag wurde, fielen mir seltsam fremde Schilder am Straßenrand auf. Ich hielt an einem der Wegweiser an und sah, dass ich mich in der Nähe von Paris befand. Mutti hatte immer von dieser Stadt geträumt. Ich hatte mir sogar einmal fest vorgenommen, ihr eine Reise dorthin zu kaufen. Als ich einiges von dem Geld aus meinem Anteil an den Rasierklingenstreifzügen zurückgelegt hat-

te, wollte ich mich schon in einem Reise-
büro erkundigen, was so eine Fahrt eigentlich kostete. Aber dabei wurde mir
klar, dass ich gar nicht erklären konnte,
wo ich das Geld herhatte. Wenn ich sagte, ich hätte es gefunden, würden sie mir
kaum glauben und Papa hätte mir die
schwer verdienten Scheine bestimmt ab-
gezogen und etwas anderes damit gemacht. Mutti würde nie nach Paris
kommen, irgendwann wurde mir das völlig klar und im gleichen Moment raffte
ich auch, dass sie das selbst schon seit
langem wusste. Von da an machte mich
ihr Geschwärme vom Eiffelturm so traurig, dass ich fast wütend wurde. Aber ich
wurde nie wütend, schon gar nicht auf
Mutti.

Jetzt war ich dabei, ihren Traum
zu verwirklichen. Hätte ich sie vielleicht
hierher mitnehmen sollen? Nein, sie hät-

te sich viel zu viele Sorgen gemacht und die Reise nicht genießen können. Nach dem, was ich hier zu sehen bekam, konnte dieser Ort dem, was Mutti alles in ihn hineinprojiziert hatte, sowieso nicht gerecht werden. Ich folgte den Wegweisern, die in Richtung der Stadt zeigten, die meine Mutti so zu lieben meinte. Als die Schilder dann endeten, sah ich nicht enden wollende Betonburgen, fast wie in Berlin, nur dass sie einen noch weniger einladenden Eindruck auf mich machten. Ich hielt nicht an, konnte aber von weitem Müllberge erkennen, eingeschlagene Scheiben und abgebrannte Autos. So hatte sich Mutti diese Stadt bestimmt nicht vorgestellt. Es war gut, dass sie nicht hier war.

Noch einige Stunden kreiste ich durch solche und ganz andere Vororte, bis ich endlich diesen eisernen Turm erblickte, von dem die gesamte Erwachsenenwelt so begeistert zu sein schien. Bei mir löste sein Anblick keinerlei innere Regung aus. Ich dachte eine Zeit lang daran anzuhalten und die Konstruktion von Nahem auf mich wirken zu lassen. So fuhr ich eine ganze Weile umher, fand aber keine Möglichkeit, das Auto abzustellen, geschweige denn für längere Zeit zu parken. Ich ließ den Gedanken fallen, schließlich hatte ich diesen Turm jetzt oft genug gesehen. Aus allen Richtungen war ich auf ihn zugefahren und zwar meist im Schritttempo, da sich so viele Autos auf den Straßen befanden und aus unsichtbaren kleinen Seitenstraßen herausgeschossen kamen, dass man sich wie eine Schnecke bewegen musste, langsam und die Augen nach allen Seiten offen. Auch stand ich oft genug in einer Reihe mit anderen wartenden Autos, um den Turm für längere Zeit betrachten zu können und dabei zu der Sicherheit zu gelangen, dass auch ein Aussteigen an meiner Gleichgültigkeit diesem Bauwerk gegenüber nichts ändern würde.

Als ich auf die nächste mehrspurige Straße kam, gab ich Gas und fuhr um ein Tor herum, das keine Mauern hatte; dann immer geradeaus, bis die Vororte wieder begannen und wieder endeten. Das Tor erinnerte mich an den Ausgang unseres Grundstücks, nur war es zehnmal größer und der Putz war nicht abgebröckelt bis auf die roten Backsteine, die ebenfalls schon anfingen zu zerfallen. Auch dieses Tor vor unserem Haus hielt keine Mauer mehr, sondern nur einen notdürftig mit Draht befestigten Zaun aus verschiedenen Stücken Maschendraht. Nach allem, was passiert war, empfand ich ein wenig Wehmut bei dem

Gedanken an zu Hause, der aber schnell wieder verflog.

Es wurde Frühling. Die Bäume schlugen aus, in sanftem Grün, das die Augen beruhigte; sogar einige rosa Tupfer von beginnendem Blühen waren zu sehen. Ich kurbelte die Fenster herunter, erst meins, dann auch das auf der Beifahrerseite. Das erste Mal seit ich losgefahren war, schaltete ich das Radio aus, das ununterbrochen Musikfetzen und Rauschen ausgespuckt hatte, und hörte in die Stille der Landschaft hinein, die, je mehr sie aus den Häuserreihen herauswuchs, mein Motorgeräusch übertönte. Den warmen Wind in meinen Haaren fuhr ich aus Paris heraus.

In jenem Moment, als mich diese alles ummantelnde Ruhe umfing, rannen mir unwillkürlich Tränen aus den müden Augen. Zuerst versuchte ich, sie wie gewohnt zu unterdrücken, aber es ging diesmal einfach nicht. Das machte mich wütend, zumal ich gar keinen Grund für dieses Geheule hatte, und das Salzwasser strömte nur noch kräftiger herunter, bis es am Hals von meinem T-Shirt aufgesaugt wurde. Nachdem ich mir mit dem Handgelenk eine Lache aus den Augen gewischt hatte, bemerkte ich, dass ich auf der linken Spur fuhr, und obwohl mir kein anderes Fahrzeug entgegenkam, erschrak darüber so sehr, dass ich laut aufschluchzte und die Lake mit noch mehr Druck meine Augäpfel flutete und ich mich gezwungen sah anzuhalten. Durch die schlechte Sicht vergaß ich, genügend Geschwindigkeit herauszunehmen, so dass das Auto auf zwei Rädern in den Feldweg schlitterte, der mich endlich von der Straße herunterführen sollte.

Ich konnte nicht aussteigen. Meine vorgeschobenen Lider wirkten auf die drängende Flut wie ein Staudamm, der aber mit jedem Blinzeln brach und sofort wieder mit der nächsten Welle gefüllt wurde. Ich zerbrach mir den Kopf, was diese Flutwelle ausgelöst haben mochte. Es hatte in dem Moment begonnen, in dem ich das Radio ausstellte. Das Wort Gefühlsstau kam mir in den Sinn. Waren wir Menschen wirklich so erbärmlich, dass das Einzige, was uns von den Maschinen unterschied, durch so eine Musikmaschine aufgestaut werden konnte und dann völlig sinnlos und fremdgesteuert zum Ausbruch kam?

Ich schaltete das Radio wieder ein und – ich hatte es kaum für möglich gehalten – unter jämmerlichem abgehacktem Schluchzen strömte tatsächlich noch mehr Wasser meine Wangen herunter.

Es hatte offensichtlich keinen Sinn, sich dagegen zu wehren, und so ließ ich es geschehen. Als der Damm sich irgend wann wieder ein wenig schloss und mein Sichtfeld sich etwas weniger verschwommen auftat, sah ich jemanden auf mich zukommen. Ich konnte nicht mehr als einen Schatten wahrnehmen, spürte aber, dass er sich jetzt nicht mehr bewegte und in meine Richtung starrte. Ich merkte, wie ich Luft durch meine Nase blies und ein verkrampftes Grinsen aufsetzte. Noch bevor die Wut darüber in mir hochsteigen konnte, hatte ich den Motor gestartet und keine Sekunde später schleuderte ein dumpfer Aufprall meinen Kopf nach vorne, so dass mein Adamsapfel fast vom eigenen Kinn zerquetscht wurde. Der Schmerz ließ mich wütend werden und ich fuhr mit quietschenden Reifen wieder auf die Straße und beschleunigte so sehr, wie es der

Motor hergab, wurde mir aber schnell bewusst, wie lächerlich dieses Verhalten war. Ich drosselte die Geschwindigkeit wieder exakt auf das erlaubte Maß, schließlich wollte ich meine Freiheit nicht wegen irgendwelcher kindischen Dummheiten gefährden.

Das Salzwasser lief mir wieder aus den Augen bis in den Mund. Verschwommen sah ich Schiffe neben mir fahren, das musste wohl eine Halluzination sein. Ich schüttelte heftig den Kopf, um wieder klar zu werden. Es gelang nur für einen kurzen Augenblick, in dem ich sah, dass die Schiffe auf Gerüsten standen und wohl repariert oder gestrichen werden sollten. Ich bemerkte, dass ich eine Schräge hinunterfuhr und plötzlich gebremst wurde. Von nun an ging es langsam nach unten. Wasser kam zunächst im Fußraum nach oben und bald danach durch die offenen Fenster. Ich fühlte es erst, als es in meinen Mund eindrang und noch salziger schmeckte als die Tränen. Zunächst schluckte ich, dann ließ ich es in meine Lungen laufen, atmete es einfach ein wie Zigaretten-rauch. Beim ersten Mal hustete ich es noch aus, aber dann gewöhnte sich mein Körper daran. Beim Rauchen hatte das länger gedauert. Da musste ich mich lange Zeit zum Inhalieren zwingen, auch wenn es heftig in der Lunge brannte. Aber schließlich wollte ich nicht, dass die Anderen mich als „Backe-Raucher" ver-spotteten.

Das Wasser fühlte sich kühl und frisch an und schmeckte nach Seeluft. Das überdeckte jeden anderen Geruch und löschte jede Erinnerung an Gestank aus. Ich fühlte mich gereinigt, konnte gar nicht genug von diesem Wasser einatmen. Irgendetwas drückte mich mit dem Kopf gegen das Autodach, ich drückte mit einer Hand dagegen und schnallte mich mit der anderen an, um im Sitz zu bleiben. Jetzt konnte ich mich wieder entspannen und weiter das reinigende Elixier einatmen, das mich nun vollständig umgab. Die Entspannung ließ mich schläfrig werden. Ich hatte lange nicht geschlafen.

Aus unserem Verlagsprogramm

101,3 Megahertz

Songtexte und Briefe der Spectators Of Suicide

von Estevão Ribeiro do Espinho (Hrsg.)

Taschenbuch
EUR 9,99

Die „Spectators Of Suicide" lösten sich im Jahre
Zweitausend nach 15 Jahren Bandgeschichte auf,
die maßgeblich von den Ereignissen der Wende
geprägt war. Im Land Brandenburg erlangten sie
regionale Berühmtheit, scheiterten aber letztlich an
dem Versuch, ihr künstlerisches Lebenskonzept im
Nachwende-Berlin umzusetzen. Nur wenige Songs
der Spectators kursieren noch im Internet. Dieses
Buch präsentiert nun erstmals die Songtexte der
Band sowie den Briefwechsel zwischen den Musi-
kern aus den Jahren 2004 und 2005.

Aus unserem Verlagsprogramm

Herzschlag

von Estevão Ribeiro do Espinho

Taschenbuch
EUR 9,99

Das Herz schlägt, bis ein Herzschlag es zerreißt
und die Dunkelheit beginnt. Es war nur eine Frage
der Zeit.
Oder hatte die Düsternis schon mit dieser Gewiss-
heit sein Leben eingenommen? Reisen in die Ver-
gangenheit sollen Fragen beantworten, verdunkeln
das Sein aber nur noch mehr.

Aus unserem Verlagsprogramm

Spectators Story

Suicide Letters

Geschichte, Geschichten und Gedichte sowie Briefe
1998 bis 1999 der Spectators of Suicide

in sechs Bänden

von Estevão Ribeiro do Espinho (Hrsg.)

im Taschenbuch-Format
je EUR 9,99

Die Band „Spectators of Suicide" entstand Mitte der
80er Jahre aus Mitgliedern der Gruppen „Marx-
Lovers" und „Null?Nie!Wo?". Das vorliegende Werk
ist nicht nur Zeugnis der Geschichte dieser Aus-
nahme-Band, sondern auch der Gedanken einer in
der DDR erzogenen Generation zu Macht, Politik
und den Umwälzungen in der Welt der digitalen
Medien zur Zeit der Jahrtausendwende.

Aus unserem Verlagsprogramm

Brasilientagebuch

von Estevão Ribeiro do Espinho

Taschenbuch
EUR 6,99

Ein Brasilientagebuch, wie es belangloser nicht sein könnte, lädt den Leser dazu ein, sich zu freizumachen. Es konterkariert den aktuellen „Zeitgeist" und setzt einen Gegenpol zu Action und Spannung. Das Gegenteil von Spannung ist nicht Langeweile, sondern tiefe Entspannung, mit der es dem Leser gelingt, die alltägliche Reizüberflutung hinter sich zu lassen, welche die Kinder hyperaktiv werden und die Erwachsenen vor Überforderung lethargisch vor sich hin sabbern lässt. Der permanenten vollständigen Überreizung wird in diesem Buch das Konzept der systematischen Unterreizung entgegengesetzt, die dazu führt, dass das Material zunächst schockierend wirkt, da es den medial veränderten Konsumgewohnheiten diametral entgegensteht. Lässt sich der Leser aber längere Zeit darauf ein, so eröffnet sich ihm eine verlorengeglaubte Erlebenswelt, die das Wort in den Vordergrund treten lässt und seine Wirkung auf ungeahnte Weise verstärkt.

Aus unserem Verlagsprogramm

Spectators Of Suicide

Eine Lehre der Leere

von Estevão Ribeiro do Espinho (Hrsg.)

Taschenbuch
EUR 9,99

Dritte, behutsam überarbeitete Neuauflage

Die Band „Spectators of Suicide" entstand Mitte der 80er Jahre aus Mitgliedern der Gruppen „Marx-Lovers" und „Null?Nie!Wo?". Das vorliegende Werk ist das literarische Gegenstück des Alternativ-Tonträgers „Die Stille Rille".